U0643868

谷嶋潤一郎

[日] 谷崎润一郎 ——— 著 于华 ——— 译

万劫

上海译文出版社

一

　　老师，我今天来，是想把我的故事完完整整地告诉您，会不会打扰了您的工作呢？唉，这件事实在是说来话长。其实我想过，如果我的笔头稍微再管用一点，就将这件事全部写下来，整理成小说那样，拿给老师看……其实，前些日子我试着动了动笔，可是因为事情过于复杂，怎么去写、从何说起，完全不是我力所能及的事。所以我还是登门打扰，想请您听我诉说，除此之外，没有更好的办法了。不过，因此浪费了您宝贵的时间，给您造成很大麻烦，这么做真的可以吗？每次我来，老师都这么亲切，不由得任性起来，净是给您添麻烦，我想千言万语也难以表达对您的感激之情。还有，您曾经尤为担心的那个人的事——我必须从那件事说起——正如其后我所讲的那样，在您的一番教导下，我自己反复认真地思考，打那之后与他彻底地了断了。当时心里真有些不舍，满脑子想的都是他，即使待在家里也完全像疯了一样，但过后渐渐明白过来，那家伙不是好人……之前我总是心神不宁，说什么去听音乐会啦，不停地找些理由往外跑，可是自从我拜访过贵府以后，完全变了一副模样，一整天我都能安心地待在家里，学绘画、练钢琴等等，所以，我丈夫也说："最近你变得贤淑了。"您对我的一番厚爱，他暗自感到欣喜。不过，有关那人的情况，我对丈夫只字未提。

"对丈夫隐瞒过去的错误可不好——尤其是没有肌肤之亲的关系，就更容易坦白了，所以一切都打开天窗说亮话吧。"

老师这么说……我实在是……那件事丈夫或许已隐约有所察觉，但我总觉得难以启齿，往后只要自己谨言慎行不再犯错就好，所以我把一切都埋在了心里。丈夫不知道我从老师那里听取了什么远见卓识，他认为老师一定传授了很多大有益处的教诲，他说我这样谨慎处世是个很好的转变。

从此，我老老实实地在家里待了一些时日。丈夫大概觉得我这样过日子就不必多加担心了，便说自己也不能这么闲着，于是，他在大阪的今桥大厦租了一间办公室挂牌开办律师业务，那大概是去年二月左右的事。——对了，他在大学期间学的是德国法律，所以想当律师的话随时都可以。他本来是想当一名大学教授来着，就在我出了那档子事儿的时候，他还在读研究生院的硕士班呢。后来想当律师也没有什么特殊原因，大概是觉得总依靠我娘家的关照，情理上说不过去，在我面前也抬不起头吧。本来我丈夫在大学期间是大家公认的才子，以优异的成绩毕了业，像他这么出众的人，有什么可挑剔的呢？于是我便嫁给了他，不过，虽说是我嫁给他，却如同他做了我们家的上门女婿一般，我父母很信任他，给我们分了一些财产。父母对我俩说：

"哎呀呀，用不着心急嘛，想当学者的话就去当，慢慢学习就行啦。如果想去国外留学，小两口就到外边去待上两三年回来也挺好"，等等。

起初丈夫大为欢喜，似乎也有这种打算，可我太任性，总是仗着娘家的势对他耍威风，也许因此惹恼了他。但他已养成了读书人的脾性，总是一副书生般的倔脾气，也不招人喜欢。唉！他就是那种不善交际的人，所以成了律师后也没揽到什么业务。然而，他还是规规矩矩地每天去事务所上班，这样一来，我就一整天待在家里发呆、无所事事。那些暂时忘掉的事情自然而然又会一件一件地浮现在脑海里。以前一有闲空，我就作些和歌什么的，可是现在，作歌反而成了勾起回忆的诱因。所以您看，最近我也不写和歌了。我这个样子也没什么正经事可想，所以觉得自己必须做点事，可以转移一下注意力。——老师，您是知道的吧？嗯，就是在天王寺那边，有一所女子技艺学校，虽然是一所不怎么样的私立学校，但也有分科，像绘画、音乐、裁剪、刺绣等，还有一些别的科目，没有任何入学门槛，大人、小孩都可以随意入学。我以前学过日本画，虽然画得不好，但我还挺有兴趣的，因此每天我就和丈夫一起出门，反正就是去上学啦。不过，说是每天，那种学校嘛，不想去的时候，随时都可以不去。

我丈夫对绘画、文学之类的事完全没有兴趣，但是他很支持我去学校学习，他说：

"这很好，是个好主意，你去吧，拿出干劲来好好画啊。"

这事似乎成了他主动提议的了。

虽然我们每早都出门，但我有时九点去，有时十点去，根据自己的方便，或早或晚。丈夫在事务所里似乎很闲，无论早晚他一般都会等着我一起出门。我们一起乘坐阪神电车到梅田，然后一起打个均价一日元的出租车，他在堺筋有轨电车沿线的今桥街角下车，我继续坐着这辆出租车到天王寺。丈夫似乎很享受这种夫妻结伴而行的样子，他说：

"我觉得好像又回到了学生时代啊！"

"哪有夫妻俩是结伴坐车去学校的学生呢？你不觉得奇怪吗？"

听了我的话，他哈哈大笑，兴致极好。他说下午回家时，我们也尽量约好一起走，这样就事先打电话说好，要么我去他事务所那边，要么我们就在难波或阪神会合，然后一起去松竹座那边。这番情形下，我们的夫妻关系相当融洽。

大概在四月中旬，为了一点不值一提的破事，我和校长发生了口角。那件事说来也很蹊跷，学校里聘用了人体模特儿，让他们穿上各式服装，摆出各种姿势——日本画不练习裸体写生，但是有写生课。那时学校正好聘用了一名十九岁的姑娘，叫小Y，听说她是大阪有名的美女模特儿，然后就让她摆出杨柳观音的姿势——模特儿摆出这种姿势时，看着就很接近裸体，所以我们也能捎带着研究一下裸体。有一天，我正在教室里和其他学生一起对着模特儿写生，校长走了进来，然后对我说：

"柿内女士，你画得不太像模特儿啊，是不是你的模特儿另有其人？"

这叫什么话呀，他还笑得颇有含意。不光是校长在笑，别的学生也跟着校长噗嗤噗嗤地偷偷发笑。我不由得一下涨红了脸，当时为什么会脸红呢？我自己也不清楚。现在想来也不记得到底有没有脸红了。可是被校长说成"模特儿另有其人"，在他这么说之前，我自己并没意识到，这下心里猛然感到了某种触动。可是如果要说我把谁当成了模特儿，我并不清楚。只是无意间在头脑中留下了小Y以外某个人的印象，虽然看着小Y，但不由自主以印象中的某个人为模特儿了——我只能这么说了，并非有意为之，而是笔端自然而然描绘出了那人的身影。

老师，您大概已经知道了吧。我在无意中所描绘的模特儿，那个人——反正报上也登出来了，我就说了吧，她就是德光光子小姐。（作者按：柿内遗孀在经历了那场不寻常的事件后，并没显出憔悴之色，着装打扮和行为举止都和一年前一样，华丽而亮眼。与其说是遗孀，看起来更像娇小姐，她是那种典型的关西式的年轻太太，算不上是美女，但是当她嘴里说出"德光光子"这一名字时，脸上便绽放出一种奇异的光彩。）不过，那时我和光子小姐还没有成为朋友。光子在油画班，我们不在一个教室上课，所以连说话的机会都没有。恐怕光子都不知道我是谁，即便知道大概也不会多留意的吧。我自己也没觉得多么关注她，但我可以肯定，她是那种会让我不由自主就喜欢上的类型，虽说没怎么搭过话，性格、品行这些也都不了解——嗯，怎么说呢，只是整体上的感觉吧。话说回来，其实我早就注意到了光子，可以作为证据的是——我知道光子的名字和住址，甚至还知道她是船场那边一家毛呢批发商的千金，住在阪急电车沿线的芦屋川那里——这些可不是别人告诉我的。所以，在校长奚落了我一番之后，我就思来想去，原来我的画描摹得很像光子。可我并不是故意画成那样的，而且就算是故意而为，那么原本以小Y为模特儿，也不是为了描摹小Y的容颜吧？我们只是让小Y摆出杨柳观音的姿态，再仔细观察她的体态、白衣褶皱的样子，在此基础上进一步画出观音的神韵就可以了。小Y在女模特儿中也许是个美人，但光子更美，如果她适合那种绘画的感觉，那么，以光子为模特儿也未尝不可吧？——我就是这么想的。

二

　　过了两三天，校长再次来到人体写生的课堂上，他笑嘻嘻地停在我的画作前，并且称呼我为"柿内夫人"，说道：

　　"柿内夫人，我总觉得这张画很奇怪啊，画得越来越不像模特儿了。你的画到底是以谁为模特儿呢？"他用嘲笑的眼神紧紧地盯着我看。

　　"哦？是吗？画得不像模特儿吗？"我故意反问道，因为我被激怒了。

　　这么说，这位校长不是教绘画的老师吧？——是的，教授日本画的是筒井春江老师，平时不怎么过来，偶尔会来看看，指点一下我们画作里的不足或技法，平时都是学生自己照着模特儿随意地描摹。这位校长教自选课程里的英语，但听说他连学士都不是，不知毕业于哪所学校，没有什么像样的学历。后来我才知道，他算不得教育家，不过就是个擅长经营学校的商人而已，或者说他是个有点本事的人。就是这么个校长，他怎么能懂得诸如绘画一类的事呢？我的画轮不到他来多嘴。而且一般学科方面的事，全都交由专业教师负责，他平时很少到教室来巡视，可偏偏出现在人体写生的课堂上，对我的画作说三道四的。

"哎，是吗？你觉得你画得很像模特儿吗？"他用讥讽的口气说道，我就装糊涂地说：

"是啊，我画得不好，也许画得不像，但我自认为还是照着模特儿来画的，已经尽力而为了。"

"哪里，我认为你不是画得不好，你画得相当棒。只是这张脸，我总觉得像另外的某个人啊。"校长说。

"啊，您是说面部吗？脸的部分，我想画出我理想中的形象。"

"那么，谁是你理想中的形象呢？"校长紧追不舍。

"只是理想而已，并非要画出某个实实在在的人物。只要画得符合观音的面容，让人感到纯洁无瑕，这样不就行了吗？就连面部也非得像模特儿才行吗？"

"你可真能强词夺理啊。不过，如果要按照自己的理想随意作画的话，那就不必到我们学校来学习了。正是因为不能这样，才要描摹模特儿来写生的，对不对？如果自己能够随性而画，也就不需要使用模特儿了。更何况，如果你的这幅观音像恰似模特儿之外的某个实际人物的话，那么，我认为你的所谓理想也太不诚实了。"

"我丝毫没有不诚实，即使这张脸画得和某个人相似，如果那个人的面容适合表现出观音的感觉，把她画出来，也无愧于艺术。"

"不，那可不行。你还不是一个成熟的艺术家，即便你觉得那人的容貌纯洁无瑕，其他人是否也有这种感觉呢？这是问题所在。由此会引起种种误解的。"

"什么？误解？什么误解？您总是说像啊、像啊的，到底像谁呢？请您说出来吧。"我把问题抛给他。

校长显得有点着慌，他说："你真是固执！"随后就不作声了。

那时我觉得把校长驳倒了，心里痛快极了，似乎赢得了一场口仗。可是，我当着那么多学生的面和校长争辩，一时传遍全校，大家议论纷纷。不久，又传出了一种奇怪的谣言，说我在向光子表达同性恋的情怀，光子和我两人的关系很特别。

我在前面也说过，那时我和光子连一句话都没说过，这些谣言也扯得太离谱了。虽然我隐约感到大家会在背地里说说坏话，可我做梦都没想到，这件事会搞得如此沸沸扬扬。反正他们说的都是捕风捉影的事，不管他们说什么，我都不在乎。唉，说起这世上的人呐，多半都是些不负责任、信口开河的人。毫无来往的两个人，竟然被人说成关系特别。那些谎言究竟是怎么捏造出来的？简直太荒唐了，令人哭笑不得。这件事，我自己倒无所谓了，只是担心光子，她会怎么想？一定会觉得受到牵连而不堪搅扰吧。所以自打那以后，上学放学的时候碰见了她，我也觉得心虚，不能像以前那样盯着她看。要么干脆我主动去跟她打个招呼、道个歉？——这么做反而不自然，也许会给她带来更多困扰，我不能这么做。所以，每次碰到光子，我就尽量表现出歉意，缩着身子、低下头，悄声静气地像逃跑似的从她身边溜过去。可我还是很担心，对方会不会生气？会流露出怎样的眼神呢？所以在擦身而过时，我就悄悄地观察她的神色。然而，光子的态度一如既往，没有任何变化，也看不出她对我感到有所不快。哦，对了对了，我把照片带来了，请您看看。这是我俩一起拍的纪念照，穿着新做的同款套装的和服，就是报上登出来的那张说我俩有问题的照片。您看一下就明白了，我们这样站在一起，我就是个陪衬，光子在船场那一带的姑娘中也称得上美貌出众。（作者按：看照片，柿内所说的同款套装的和服色彩艳丽，完全是上方地区①喜好的那种服装。柿内遗孀梳着西式发髻，光子梳成岛田髻②，她的眼神风情万种，在充满大阪风情的姑娘们中，也算是非常热情的。一句话，她的眼神充满了一种恋爱天才的气魄，魅力四射。确实是个美貌仙子，柿内遗孀说自己是个陪衬，未必是谦逊之词，不过，她的长相到底是否配得上杨柳观音的尊容呢？这一点还是个疑问。）老师，您认为这长相怎么样？梳成日本发髻很适合的吧？

对了，听说她母亲喜欢日本发髻，所以她经常梳成那样，到学校来也是那种发型。反正就是这么个学校，校服什么的一概没有，所以梳着日本发髻、穿便装和服之类的都没关系，我

---

① 京都及附近地区。
② 女性发髻的一种，主要是未婚女性梳扎，也有在婚礼上梳扎的习俗。

倒是没有穿过和式裤裙去学校。光子偶尔也穿西装，但是穿和服时总是便装和服。这张照片上由于发型的缘故，看上去她比我年轻三岁左右，实际上她二十三岁，比我小一岁——要是活着的话，今年二十四岁了。光子比我高了一两寸，长相又漂亮，即便不因姿色而得意，在待人接物时总是透露出一种自信来，或是由于我的自卑而显得她很自信？在我们变得亲近起来以后，虽然从年龄上来说我是姐姐，但我总觉得自己反倒是妹妹。

　　那时——我再回到前面的话题，我们彼此还没有搭话的时候——前面我说过，那些散布出来的奇怪谣言，光子肯定也有所耳闻，但她却依然如故，看不出有什么变化。我早已觉得她很漂亮，在谣言传出之前，每当光子走过眼前，我就不露声色地走过去靠近她，而光子却似乎根本就没瞧见，径直走过去。我觉得就连她身后的空气都变得清新了。假如光子听到了那些传言，总会注意到我的吧。可是，她究竟怎么想呢？我是个讨厌的家伙？或是个倒霉蛋？原以为她会有所表露，却丝毫看不出任何迹象，因此，渐渐地我的脸皮又厚了起来，又去靠近她、仔细端详她。有一天午休时间，我们在休息室里突然碰上了，以往她总是漠然地径直走过，可是，没想到这次她却冲着我笑眯眯地，两眼都充满着笑意，于是，我不由自主地向她鞠躬行礼，她毫不顾忌他人，快步走到我跟前说：

　　"近来太冒犯您了，您别介意。"

　　"哎呀，您这话说的，我才应该向您道歉呢。"我说。

"不需要您来道歉啊，因为您完全不知情。有人想要陷害我们，所以请您千万小心。"

"啊！"我问，"谁要陷害我们？"

"校长啊。"

她又接着说："这里不方便细谈，我们去外面找个地方，一起吃午饭好不好？我好慢慢跟您说。"

"去哪儿都行，我都跟您一起去。"

我们两人就去了天王寺公园附近的一家餐馆。光子一边吃着西餐一边跟我说话，她说其实是校长散布了那些有关我俩的流言蜚语。原来如此，难怪他有事没事跑到教室里来，故意在大家的面前让我丢脸。他的做法实在是奇怪异常，我只是觉得其非善意之举。但是，校长散播那些谣言的目的究竟是什么呢？似乎靶心仍在光子身上，因为那些谣言的内容都在败坏光子的品行，目的是散布光子的恶名。

我又问："这是为什么呢？"

光子解释说，那时有人给光子介绍了一门亲事，对方 M 是大阪家喻户晓的富家子弟，光子本人无意于这桩婚姻，可她家里却非常希望能结为秦晋之好，对方也很想娶到光子。然而，又有媒人提亲，把市议会某议员的千金介绍给了那位 M 公子，这样，千金就和光子成了竞争对手。尽管光子没兴趣参与竞争，但市议员那边却感到如临大敌，因为 M 公子看上了光子的美貌，并给光子寄去求爱书信。这可千真万确地遇上了劲敌。于是，市议员那边开始四处奔走，千方百计给光子找碴儿，眼下他们已造出各种谣言散播出去，说什么光子另有男人啦，反正有的没的四处乱说，而且还觉得不够称心，最终把手又伸到了学校，收买了校长。

哦，对了，在这之前呢——我讲得实在有点混乱了——光子说在这之前，那位校长说要维修校舍，曾经到光子的父亲那里，要求临时支援一千日元。光子的家里很有钱，一千来块钱也不算什么，可是光子的父亲本来听说的是要公开募捐，那么，校长宣称"临时支援"就很奇怪了，而且那么破的校舍，一千日元又能修缮得了什么呢？因为觉得这件事莫名其妙，光子的父亲就拒绝了他。根据光子说出的情况来看，校长打着这一类的旗号，估摸着哪个学生家里有钱，他就跑到那个学生家里请求支援，这已经是校长的某种嗜好了。借到的钱，他从来没还过。如果他把那些钱用来维修校舍的话另当别论，可是那个校舍像个猪圈一样又脏又破，根本没人管。——您说怎会如此？其实呀，那些钱都揣进了他自己的腰包。虽说身为校长，却是个一流的马屁精，而且他的太太也在这所学校里担任刺绣课老师，夫妻俩臭味相投，巴结讨好有钱的学生，一到星期天，净搞些郊游之类的活动，生活得相当有排场呢。如果学生借钱给他了，就喜笑颜开；一旦拒绝了，就在背地里大肆编派那个学生的坏话。也就是说，他对光子正怀恨在心时，市议员又前来请求帮忙，所以，最毒辣的事情他都干得出来啊。

"所以，他们为了陷害我而利用了您。"光子说。

"啊？还有这么深的水啊！这些事我一无所知，可是之前我们根本没来往，这也太荒唐了吧。捏造事实的人固然有他们的荒唐之处，然而，大家竟然对他们的谣言信以为真了，这也太离谱了吧！"

"所以说，您真是太大意了。现在谣言已经传开了，大家都在说，我俩故意在学校里不搭话，不仅如此，他们甚至还说，最近的某个星期天，有人看见我俩坐着大阪电力轨道的列车去了奈良。"

听到这儿，我简直惊呆了："哎呀，谁这么造谣啊？"

"好像全都是从校长太太那里传出来的。哎呀呀，他们比您想的要阴险十倍、二十倍啊，所以您要小心哦。"她这么说道。

三

　　"实在是连累您了，太对不住您了，对不起啊、对不起啊。"

　　光子反复地向我道歉，这倒反而让我觉得过意不去了，我说：

　　"哪里哪里，您没做错什么，可恶的是那位校长。他还号称是教育家呢，竟然如此卑鄙无耻……我的话，不管他们说什么，我一点都不在乎，可是，您要多加小心，您是未嫁之身，一个姑娘家千万别中了这种恶毒之人的圈套啊。"

　　我说了一些话给她一番安慰，然后光子说：

　　"今天我把话全都跟您说出来，真是太好了。这样我心里总算畅快了。"又继续笑着说：

　　"不过，我们俩这样谈话，又会被人说三道四了，咱们就到此为止吧。"

　　"我们好不容易成了朋友，可真舍不得啊。"

不知怎地，我确实觉得依依不舍，磨蹭了一会儿。于是，光子就说：

"只要您不介意，我很想跟您交朋友，那么，下次我请您到我家里来玩儿吧。不管别人说什么，我是不怕的。"

"哦，我也不怕啊！如果别人七嘴八舌太让人闹心的话，我就从那种破学校退学了事。"

"我说呀，柿内，干脆咱俩将计就计偏偏搞好关系，我真想看看人们傻眼的样子啊，您觉得怎么样？"

"好啊，这太好了！而且，我也很想看看校长会是什么表情啊。"我也立刻来了劲头。

"那样的话，哎呀呀，就有好戏喽！"光子高兴地拍着手，像个顽皮的孩子一样，"这个星期天，我俩真的去趟奈良吧？"

"好哇，一起去，一起去，他们知道了这件事，不知道会说什么呢！"

就这样，大约三十分钟或是一小时的光景，我俩已经无话不谈了。

今天再回去学校就太无聊了，我俩不约而同地提议：不如去松竹座那边好不好？那天我们一直玩到傍晚，光子说：

"我逛一下商店就回去。"她就沿着心斋桥，一边散步一边回去了。

我从日本桥坐上出租车，去了今桥的律师事务所。然后，像往常一样约了丈夫，一起坐上阪神电车回家。路上，丈夫说：

16

"我看你今天兴致很高啊，有什么高兴事儿吗？"

我心想："自己的神情果然和平时不一样了，和光子成为朋友就能让自己感到这么幸福吗？"但嘴上却回答说：

"倒也没有啦，不过，我今天结识了一个好朋友。"

"是个什么样的人？"

"要说是个什么样的人嘛，那可真是个漂亮的主儿。——哎，你知不知道，就是船场那边有一家德光毛呢批发店，她就是那家店主的千金吧。"

"在哪里认识的？"

"我们是校友——是这样的，最近传出了我和她的谣言，很奇怪的谣言。"

反正我也没做亏心事，就半开玩笑地把和校长拌嘴的事，一五一十地说了一遍，丈夫也开玩笑地说：

"真是很过分的学校啊。不过，如果你的朋友真像你说的是一位大美人的话，我也很想见见啊。"

"很快她会到咱家来玩儿的。这个星期天我们约好了一起去奈良，我可以去吗？"

"当然可以去啊。"然后，丈夫又笑着说："校长会生气的。"

第二天我一到学校，果然，昨天我俩一起吃饭、看电影的事，早已传得尽人皆知了。

"柿内啊，你昨天逛了道顿堀的商店街吧？"

"很开心吧？"

"另一位到底是谁啊？"等等。

要说女人呀，也真是令人讨厌。这么一来，光子又在拿这件事取乐了，她故意来找我，做给她们看。如此，两三天之间，我们成了亲密无间的好朋友。校长反倒不说话了，似乎被惊呆了，只是瞪着两眼，那眼神很可怕。光子说：

"哎，柿内啊，那张观音画，你把它画得更像我一些吧。那样的话，不知校长会有怎样的反应呢。"

于是，我就把画儿修改得更像光子了，可是，校长却再也不来教室了。我俩心情大好，嚷着说："真痛快啊！"

这样，我俩就没必要非去奈良不可了，不过，时值四月末，赶上一个天气极好的星期天，我俩就在电话里商量，约好在上六终点站碰头，过了中午又去了若草山那边闲逛。按她的年龄来讲，光子既有过于成熟的一面，又有孩子般天真的一面，我们到达山顶的时候，她买了五六个柑橘，并招呼我说：

"你来看啊！"

然后她就把橘子从山上往下滚。橘子从山上一直咕噜咕噜滚下去，有一个橘子顺势越过马路，蹦到对面的人家里。她觉得好玩就一直这么玩着。我就说：

"光子，一直这么玩下去就停不下来了，咱们去采些野菜吧。我知道这座山上长了很多蕨菜、笔头菜什么的。"

一直到日落黄昏，我们采了一大堆的蕨菜、紫萁，还有笔头菜。

——嗯？您说什么地方啊？就是那里，若草山有三座山，在第一座山和后面一座山之间的低谷，漫山遍野都是野菜，那里每年春天都要烧山，所以长出来的野菜特别好吃。

我们采了很多野菜，天色已经很晚了，我俩又返回前面那座山，实在太累了，就在山腰处坐下来休息，发了一会儿呆。突然，光子一副郑重其事的样子对我说：

"柿内啊，有件事我一定要好好感谢你……"

"什么事啊？"

"多亏了你，我可以不用嫁给那个讨厌的家伙了。"

说完，不知为什么，她嘻嘻地笑了起来。

"那怎么成了这样？"我问。

"因为谣言传得飞快呀，咱俩的事对方已经全知道了。"

四

　　光子接着说："昨晚上，家里提到了那件婚事。我妈把我叫到跟前问我，学校里传出了你的谣言，都是真的吗？我说，是有一些传言，可是妈妈，您究竟从哪里听到的呢？妈妈回我说，在哪儿听到的不重要啦，你说真的确有其事？我说，是啊，是真的。不过，您也不必大惊小怪的，只不过是和我的朋友关系要好而已。——我这么一说，妈妈有点不知所措了。她说，你要是只和朋友搞好关系那也没什么，可是，你不会是做了不正经的事吧？我说，不正经的事是什么事啊？她说，什么事妈妈我可不知道啊，可是如果没做什么坏事，怎么会有那些谣言传出来呢？我说，那我怎么知道会这样，我的那位朋友，她说喜欢我的长相就把我当成了模特儿，因为这件事，大家才排挤我们的吧。提起学校真是让人讨厌，长得稍微漂亮点儿就会遭到仇视。——总之，就是这么一回事。在我解释了之后，妈妈也慢慢搞清楚了，她对我说，如果是这种情况，你俩要好倒也没关系，不过，你也不要只和她一个人要好，对不对？往后你也要自重，最好不要做些让人说三道四的事情来。谣言的事就这么过去了，不过，一定是那位市议员和对方那伙人干的，他们把搜集到的谣言全都告诉给 M 那家人，然后这些谣言又传进我妈妈的耳朵里。所以，我觉得提亲的事大概也泡汤了。"

"也许你认为这件亲事泡汤了挺好，可是你妈妈肯定讨厌我了。你等着瞧吧，我猜想，也许很快就会跟你说，不要再和我来往了。我可不愿意被你母亲误会。"我这样说出了自己的担心。

"这种事，你就不必担心了。我要是真的跟妈妈说，校长是个贪得无厌的家伙，如果人家不借钱给他，他就会说人家的坏话以及他被市议员收买之类的事，妈妈可能就会对我说，那种莫名其妙的学校还是退了吧。所以，我就先把这些话咽回去了。如果我退了学，就不能和你见面了。"

"没想到，你也挺有两下子哩！"

"哼哼，我也不是省油的灯哦！"光子噗嗤噗嗤笑着说，"如果对方是恶棍，我要是不利用他们搞一下就太亏了。"

"可是你的婚事告吹，市议员的千金可要高兴坏了吧。"

"那你应该得到来自两方面的感谢喽。"

我俩说东道西，在山上聊了一个多小时。

若草山我以前爬过很多次，可是从没在山上待到日落之时，从山上眺望暮霭，那时还真是第一次。方才还能看见周遭一些影影绰绰的人影，转瞬从山顶到山脚连一个人影都没有

21

了。那天上山的人特别多，在那片遍布新绿的山腰，散落了一地的盒饭残羹，还有橘子皮、菊正宗牌的清酒瓶等物。天空尚未黑透，山脚下的奈良城街灯已经开始闪烁。远处，正好在我们对面的那一带，生驹山上，电缆车的彩灯就像串起来的念珠似的，在灰紫色的雾霭中，星星点点地连成一片。看到那些闪烁的光亮，莫名地感到有点窒息。光子说：

"哎呀，不觉间就到晚上了，好冷清啊。"

"要是一个人的话，还真是觉得害怕不敢待在这儿呢。"

"要是和喜欢的人独处的话，还是这种冷清的地方好啊。"光子说完叹了一口气。

"和你在一起的话，我希望永远待在这里。"——这句话被我咽了回去，我望着光子的侧脸，光子在暮色中伸出双脚坐着，因为天色很暗，看不清光子的表情，只是光子脚上的白色布袜在暮色中非常醒目。对面，大佛殿两端的金色兽头瓦借着夜空的微明反射出自身的光亮。她说：

"时间不早了，咱们回去吧。"

我们下了山，走到大阪电力轨道的电车站时，大约是七点。我说：

"我肚子饿了，你呢？"

"今天得早点回去，我也没跟家里说去哪儿就跑出来了。"

光子很在意时间，但我还是说：

"虽然你想早回去，可是我的肚子已经饿得咕咕叫了，既然已经晚了，那就索性再晚一会儿吧，好不好？"

我硬是拉着她进了一家西餐店。一边吃饭她一边说：

"要是回家晚了，你和你先生不会闹什么别扭吧？"

"我们家那位从来不干涉这种事。而且，我和你关系要好的事，我都跟他说了。"

"那他是怎么说的？"

"我整天跟他说你的事，所以他说，那位小姐那么漂亮的话，我也想见见啊，干脆把她请到家里来玩，好不好？"

"你先生性格很温和吗？"

"唉，说起他来简直了，不管我多任性，他都不生气，但是也太过于温和了，有时候觉得特没劲……"

在这之前，我自己的情况一点都没跟光子说过，我和丈夫结婚的事由啦，曾经有过的婚外恋的问题啦，以至于这些事让老师您操心啦，那次我一股脑儿地全都告诉她了。光子听到我说认识老师的事之后，她惊讶地说：

"啊？真的吗？你也认识老师啊？"

她也特别喜欢老师的小说，所以，她问我能不能带她去见见老师。可我总是跟她说，下次吧、下次吧，最后就这么不了了之了。

"这样啊，那你已经和那个人不来往了吗？"

光子一个劲地打听那件事，我告诉她，现在已经没有来往了，她说：

"为什么呢？要是像你说的那样，你们是干干净净的恋爱，继续交往也没什么不好吧？要是我的话，我就会把恋爱和婚姻分开，区别对待呀"等等，她接着又问：

"你家先生，一点都不知道那件事吗?"

"嗯，也许隐约感觉到一点儿吧，我从来不提那件事，所以总的来说，还没发生什么问题。"

"他真是太信任你了!"

"倒不如说，他是把我当孩子一样来对待了。因为这样，我才感到不合心意的。"

那天晚上回到家已将近十点了。

"你这回来得也太晚了吧?"

丈夫显出一副以往从未有过的奇怪表情说道，我看他神情那么孤寂，一丝怜悯之情油然而生。我也没做坏事，可是看到丈夫因久等而显得一身疲惫，好像刚刚才吃过饭的样子，我异常地感到一阵内疚。说来，以前我和情人约会时，常常会在十点多回家，但最近没有这么晚的情况。所以，丈夫也许有点起疑了，我自己也说不清，感到和曾经的那时有相同的心情。

五

　　对了，在那之后，我的那张观音画完成了，我拿来给丈夫看看。

　　"嗬嗬，那位叫光子的千金原来是这个模样啊。从你的水平来看的话，这张画真是超水平发挥呀！"

　　丈夫在吃晚饭时，把画放在榻榻米上展开来，吃一口饭看一眼，又吃一口饭再看一眼，然后他带着些许怀疑叮问道：

　　"这么说，那位美女长得就像你画出来的样子喽，真的就是这个模样吗？"

　　"所以这张画才惹了麻烦呀，很像的。光子本人在庄重之外还有些性感，不过，日本画表现不出这种感觉。"

　　我在这张画上下了很大功夫，连我自己都觉得画得很棒。丈夫不停地夸奖说，这是杰作。不管怎么说吧，自从学画以来，这是我第一次兴致盎然、身心投入地去画一幅画。

　　"干脆咱们把这张画装裱起来怎么样？裱好了以后，借此邀请光子来观赏一番，不是挺好吗？"

丈夫这么一说，我也有了这个意思，想请京都的装裱店师傅，把它裱装得漂漂亮亮的，不过后来还是搁置了。有一天，我对光子提起了这事。

"其实我们打算去装裱一下的。"

"与其让装裱店裱糊，不如你再重新画一张，好不好？原来画得也很好，尤其是面部画得非常像，不过——体态有那么一点儿不太像。"

"你说有点不像，怎么不像？"

"光说也说不明白的吧，我的身体要漂亮得多呐。"

她这么说，只是直接表达了自己的感觉，没有炫耀的意思，但对那幅画总显得有些不满意的样子。我就说：

"你这么说的话，我真想看看你裸体的姿态，你能让我看看吗？"

她立刻就答应了：

"妈呀，给你看没问题啊。"

我们说这话是在从学校回家的路上，然后光子说：

"那么，我们去你家，我给你看。"

我清楚地记得，就在第二天下午，我俩提前离开学校，一起来到我家。光子一路上都在跟我说：

"我要是赤身裸体的话，你先生知道了，一定会惊掉下巴的吧。"

要说光子是否感到难为情，我倒是觉得她更像是对待一种好玩的游戏似的，带着顽皮的眼神，兴致颇好。

"我家里有一间很不错的西式房间，我们去那个房间，不会被别人看见。"我这么向她介绍，领她到了二楼的卧室。

"哇哦，感觉很棒啊，这张双人床真时髦！"光子一屁股坐在了床上，她坐下的一瞬，弹簧床咯吱咯吱地晃了两下，接着，她又观赏了一会儿眼前大海的景色。

我家坐落在波浪拍打着的海岸边，二楼的景观很漂亮。东面和南面都是落地玻璃窗，光线很好，早上都睡不了懒觉。天气晴朗的时候，还能看见遥远的对面、与松原①隔海相望的纪州②一带的山峦和金刚山等等。

您说什么？——啊，是的，也可以下海游泳。那边稍微再往里一点，海水立刻就变得很深了，很危险。只有香栌园建了海水浴场，那里一到夏天非常热闹。

那时正当五月中旬，光子说："快点到夏天就好了，每天都可以来游泳。"

她环视了一下整个房间，又说了一些"我要是结婚了，也想有个这样的卧室"之类的话。我说：

"要是你的话，哪里会住在这种地方呢，你可以嫁到更好、更漂亮的地方，对不对？"

"那倒也是，可是一旦结了婚，不管住在什么样的卧室里，就像被装进漂亮笼子里的小鸟一样，你说呢？"

"是啊，是有那种感觉……"

---

① 松原市，位于大阪的中心。
② 旧时"纪伊国"的别称，大部分为现在的和歌山县，一部分属于三重县。

“哎，这里不是你们夫妇的密室吗？你把我引到这个房间里来，你先生会不会生气呀？”

“密室又有什么关系呢？只有你是特殊待遇。”

“虽然你这么说，可是，都说夫妻的卧室是神圣的地方……”

“处女的裸体也是神圣的啊，你在这里让我欣赏是最合适的。趁着这会儿光线最好的时候，希望你快点儿让我观赏一下。”我这么催促着她。

“从海上那边能不能看见？”

“你真傻，船只在那么远的海面上，从那里能看见什么呀。”

“可是，这里是玻璃窗呐。你把那个窗帘拉上吧。”

虽然还是五月的光景，但天气晴朗，阳光灿烂得令人炫目，所以每扇窗都敞开着。现在我们把这些窗户都关紧了，房间里热得让人快要汗流浃背了。为了摆出观音的姿势，光子说需要一块白布之类的东西来代替白衣，我就把床单扯了下来。然后，她走到西服衣柜的背面，解开衣带、松散开头发、梳整齐，把床单从头顶披挂下来，就像观音那样，床单宽松地覆盖在她赤裸的身上。

“你来看看，现在能看出来和你的画有很大不同了吧。”光子站在衣柜门的穿衣镜前，自己对着自己的美色出神发呆。

“哇，你的身体太美了！”我带着一种埋怨的心情说——为什么有这么完美的宝贝却一直藏着呢？我的画作虽然面部很像

28

光子，但体态是按照小Y那个模特儿画出来的，所以不像也是可想而知的。而且日本画这边的女模特儿，大多数是脸蛋儿比身体漂亮。那个叫小Y的模特儿也一样，体态并不出众，皮肤还很粗糙，肤色发黑，给人一种浑浊感。看惯了她的身体再看光子，简直就像雪与炭的区别一样。

"你有这么美的身体，为什么一直藏着？"我终于冲口而出，说出了一丝恨意，"你太过分了！太过分了！"我也不知为什么，说着说着眼里竟充满了泪水，我从身后抱住了光子，泪水涟涟的脸搁在她白衣的肩头，深深凝望着我俩在镜中的身影。

"哎呀，你怎么了？"光子看着镜中的泪眼很惊讶地问道。

"我一看到太美的东西，就会感动得流泪。"我这样解释着，也不去擦拭没完没了垂落的泪水，一直紧紧地抱着她。

六

"好了，你都看到了吧，我要穿衣服了。"光子说。

"别，不行，我还想再看一会儿。"我撒娇似的摇着头央求她。

"哪有这么傻的，一直这么裸着怎么能行？"

"当然行啦。你还没有真裸呢，对不对？你把这个白布拿掉好不好？"说完，我立刻去抓那块披在肩上的床单。

"别，你放开！放开呀！"光子拼命地不让扯开那块布，哧啦一声，床单被扯破了。我一下就火了，恼怒的眼泪充满眼眶。

"你要是这样，我就不看了，我没把你当外人。可是，算了，从今天开始，以后我们就是陌路人。"我把扯破的床单用牙撕得稀碎。

"唉，你这是疯了吗？"

"我没见过像你这么薄情寡义的人，前些天你不是和我约好的吗？以后我俩彼此间一概都不要有隐瞒，你这个骗人的家伙！"

那时我的反应相当激烈，我自己已经不记得了，不过后来听说，当时我的脸煞白，身体颤抖着，瞪眼盯着光子，那副模样真的让人觉得像疯了一样。听我这么说完，光子依然沉默不语，一直盯着我的脸看。尽管情绪亢奋，但刚才那种气质高雅的杨柳观音的身姿已经松懈下来了，她羞怯怯地抱紧双肩，脚尖叠在一起，一只膝盖弯曲成半个书名号"《"的形状，缩着身子站在那里。那副样子可怜又可爱。虽然我觉得很心疼，可是看到从床单的破裂处高高耸起的肩头、看到那白皙的肌肤，就更想残酷地把床单扯掉撕碎。我不顾一切地扑上去，狂暴地把床单扯下来。我认真起来，光子也被这种气势压倒了，她任由我为所欲为，不再说什么。我们彼此只是以强烈的、几近憎恶的眼神注视着对方的脸，视线片刻也不游移。我的嘴角挂上了一种终于如愿以偿似的胜利微笑——一丝冷冷的、不怀好意的微笑。裹在她身体上的东西一点一点被解开，慢慢地现出了一尊神圣的处女雕像，胜利的感觉不觉间变成了惊叹之声。

"啊，你太可恶了，有这么漂亮的身体，我真想杀了你！"

我这么说着，一只手紧紧地握住光子颤抖的手腕，用另一只手把她的脸捧向自己，我的嘴唇凑了上去。突然，从光子那里也发出了疯狂的声音：

"杀了我，你杀了我吧，我想让你杀死我……"

她的声音中带着一股热气扑面而来。我定睛一看，光子的脸颊上也流淌着泪水。我俩拥抱着，手臂缠绕在彼此的后背上，相泣饮泪，分不清哪一滴泪是谁流出来的。

因为那天本没有特别的打算，所以我没告诉丈夫要把光子带来家里。丈夫以为我从学校回家的途中会去他的事务所，一直到傍晚都在等我，可是左等右等始终不见人来，于是他给家里打了电话。

"那样的话，你告诉我一下多好。害得我这么苦等。"

"实在抱歉！我俩是突然决定的，没留意时间就过去了这么久。"

"那么，光子小姐还在吗？"

"还在，不过她马上就要回去了。"

"那你再多留她一会儿吧，我马上回家。"

"那你要快马加鞭啊。"

我嘴上这么说，心里却在想，丈夫回来了多没意思啊。刚才在卧室里发生的事让我内心里充满了幸福感，今天是多么快乐的日子啊！整个人飘飘然地，两脚似乎都落不到地上了，任何一点细微的事情都会立刻给我的心灵带来悸动。我感到要是丈夫回来了，这难得的幸福就像是有了裂隙一样。我只想和光子两人在一起说话，一直说到地老天荒。不，不说话也没关系，只要能默默地看着光子的容颜——只要能在这个人的身边，我的心里就充满了无边无际的幸福。

"唉，光子呀，丈夫刚才来电话了，他说马上回来，你怎么办？"

"啊，这可怎么办呢？"光子慌里慌张地穿着衣服。

眼下已经是傍晚五点了，但在此之前的两三个小时里，她只披着一条床单。

"我不见他面就回去了，是不是不好啊？"

"不过他说想要见你的……现在马上就回来了，你再稍稍待一会儿好吗？"

我口上挽留她，但其实心里在想，光子要是在丈夫还没到家之前就离开该多好啊。我希望今天这一整天作为完全幸福的一天来结束，这难得的、美好日子的记忆，我不希望它因为第三者而变得不纯了。心里有了这种想法，在丈夫回到家时，我的脸上自然就流露出不满之色，心里格外感到不舒畅。光子看到我这种样子，又是第一次见到我丈夫，甚至还感到些许内疚吧，也没怎么说话。三个人闲得无聊，各自心有旁骛，就这么尴尬着。这样一来，我更是觉得受到干扰，心中恼火，甚至对丈夫产生了恨意。

"你俩怎么玩的？"丈夫在光子面前慢吞吞地吐出这句话来搭腔。

"今天我们把卧室当画室来用了，我想重新画一张观音像，请光子来做模特儿。"我故意平淡地回答，把丈夫挡开。

"你又画不出一张像样的画儿来，还要给模特儿添这么大的麻烦啊。"

"你说的没错，不过，是模特儿本人为了恢复自己的名誉让我再重画一遍的。"

"不管你怎么画，都是把模特儿画丑了而已。人家模特儿要漂亮多了，是不是？"

我们夫妻俩你一言我一语的过程中，光子只是害羞地低着头咞咞地笑，毫无谈话兴致，不一会儿，光子就回去了。

七

　　我把当时我俩来往的信件带来了，请您过目。除了这些还有很多很多，可是一下子不能全部带来，这些只是其中极少的一部分，是我从中选出的一些比较有意思的信件。这边是早些时候的，大体上我都按照顺序摆放，请您从这边开始看吧。光子写给我的信件，一封没落，我都珍藏得很好，而我写给光子的信件也掺杂在其中，是后来出了事儿后，从她家取回来的。这个我回头再解释吧。（作者按：柿内遗孀所说的极少的一部分旧书信，几乎撑满了一个约八寸见方的绉绸小方巾的包裹，方巾的四角勉勉强强地扎成结。为了解开这个坚硬的小结，她手指用力，指尖涨红，好像在掐那个结似的。不一会儿她从包裹里取出了信件，简直就像撒出了一大把彩色印花纸，各种花色应有尽有。为什么这么说呢？因为那些信件每一封都装在木版印刷的、图案色彩极其艳丽的信封里。信封是小型的那种，女性用的信纸折成四折刚刚能够放进去，封面是四套色或五套色印刷的竹久梦二①式的美人画、月见草、铃兰草、郁金香等

34

图案。作者看到这些吃惊不小。想来，东京的女性绝不会有使用这种艳丽信封的情趣。就算是情书，她们也会选用更淡雅的花色。要是给她们看了这种信封，她们一定会轻蔑地说"真是艳俗啊"。男性也同样，如果从恋人那里收到这种信封的信件，只要他还是东京人，对她的好感肯定会荡然无存吧。总之，这种刺眼的、过于浓艳的情趣，只属于大阪的女子。而且，当我想到这是相爱的两个女士之间来往的信件时，更是感到浓艳了。在此，我只引用这些信件里对获知这个故事真相有参考作用的部分，顺便也会对那些信封的图案逐一进行介绍。我想，和那些信件的内容比起来，有时信封的图案设计，作为两人恋爱的背景来看倒是更具价值……）

（五月六日，柿内夫人园子写给光子的信。信封的尺寸，长四寸、宽二寸三分，浅粉红色底配着樱桃和心形图案。樱桃共有五颗，黑色的果梗上带着鲜红的果实。心形图案有十个，每两个一组重叠，上面的为淡紫色、下面的为金色，信封的上下有锯齿状的金边。信纸整体上是极淡的绿色，上面印有常春藤的绿叶，还有用银色的点线勾勒成的格子。夫人的字迹是钢笔字，连省略字都一丝不苟，可见她在书法练习上肯定有过相当的训练，大概在女子学校里属于擅长书法的人。较之小野鹅堂[2]缺少一些风骨，往好里说是书风流丽，往坏里说就是过于

---

① 竹久梦二（1884—1934），日本画家、诗人，本名茂次郎。
② 小野鹅堂（1862—1922），日本书法家，女子学习院教授，鹅堂流派的创新发起人。

圆滑，而这一点又很奇妙地恰好与信封的图案搭配得当、恰如其分。）

阿光：

　　淅沥淅沥、淅沥淅沥……今晚下着梅雨。现在我听着窗外雨水打落在桐花上的声音，一直静静地坐在桌边，笼罩在台灯的光影下。台灯上搭着你给编织的红色灯罩。虽然这是一个沉闷的夜晚，但当我侧耳倾听房檐传来的雨滴声时，便能听到阵阵的轻柔耳语，或许是心理作用。淅沥淅沥、淅沥淅沥……你知道那低声细语在说些什么？淅沥淅沥、淅沥淅沥……对，是的，光子光子光子……那是在呼唤思念的人儿。德光德光……光子光子……德、德、德……光、光、光……我不知何时拿起了笔，在左手的指尖上写下无数个"德光"或"光子"，从大拇指到小指，一个指头、一个指头地写下去。

　　请原谅我，写了这么无聊的事情。

　　我俩每天都能见面却要传递书信，你觉得奇怪？可是在校园里，又不好意思靠近你，尤其感到胆怯。说来，在我俩还没有像现在这样亲昵的时候，我们故意接近做给人看，而当谣言成为事实，却反倒忌怕人们嘲讽的眼神了，我还是太懦弱了，是不是？

　　啊，无论如何我要变得更加、更加地刚强……要刚强到不惧怕神佛、不惧怕父母、不惧怕丈夫，刚强，再刚强……

　　明天下午你要学习茶道吧？那三点钟你能来我家吗？明天在学校告诉我 Yes 或 No，就像前些日子那样，给我用暗号示意一下。一定一定，一定来哦！现在桌子上的琉璃花瓶中，白色芍药正在绽放，它也和我一起发出柔弱的叹息声，等待着你的到来。你要是让我们失望了，可爱的芍药花就会哭泣的。西装衣柜的穿衣镜也在说，它想照照你的身影。那你一定要来哦！

　　明天中午休息时间，我还是会去老地方，在操场上的那棵梧桐树下站着等你。你可不能忘了我们的接头暗号。

你的园子

　　（五月十一日，光子写给园子的信。信封长四寸五分、宽二寸三分。在浅紫玫瑰色的底色中央，画着宽窄一寸四分左右的棋盘格子，格子中散落着四片叶子的三叶草，下方有两张扑克牌叠放在一起，一张红桃 A 和一张黑桃六。棋盘格子和三叶草为银色，红桃为红色，黑桃为黑色，信纸为没有图案的深茶褐色，字句从右下角开始斜着用白色水彩笔写出。字迹潦草而缺乏稳重感，看起来比园子的要笨拙一些，但字体较大，并不令人生厌，给人一种生龙活虎的奔放感。）

阿姐：

　　你的阿光今天一整天都不开心。又是把壁龛里的花揪下来，又是狠狠地责骂了无辜的小梅（专门服侍光子的女佣的名字）——每到星期天，阿光一定会不开心的。为什么呢？因为一整天都见不到阿姐呀。为什么姐夫在家就不能去呢？不过，我想打个电话还是可以的吧，刚才拨了一个电话，结果你不在家，和姐夫一起去鸣尾摘草莓了！好吧，祝你们愉快！

太狠心了，你太狠心了！

太过分了，你太过分了！

你的阿光在独自哭泣。

啊、啊、啊，

我很恼火，什么都不说了……

Ta Sœur Clair

Ma Chère Sœur Mlle. Jardin

（上文中的"Ta Sœur"是法语"Your Sister"的意思，"Clair"大概是由"光"的意思转用为"光子"了。"Ma Chère Sœur"是"My Dear Sister"的意思，"Mlle. Jardin"就是"Miss Garden"，表示"园子姐姐"的意思。关于没有用"园子夫人"，而是用了"园子女士"的称呼，在收信者姓名之后，有如下补记——）

我不叫阿姐为"夫人"。

"太太"——好讨厌！想想就会起鸡皮疙瘩！

但是，这种事如果让姐夫知道可就糟了呀，

Be careful!（小心哦！）

阿姐为什么在信里署名为"园子"呢？为什么不给我写上"阿姐"啊？

（五月十八日，园子写给光子的信。信封长四寸、宽二寸四分。绘图是横向的画面。绯红色的底色上，画出一种凸起的圆点花纹形成银色的点线，下方有三片大大的樱花的花瓣边儿，上面有舞女的上半身背影。信封是经过绯红、紫、黑、银、青五次套色印刷的色彩最浓艳的那种。因此，再在封面上写字就不容易看清楚，所以收件人姓名就写在了背面。信纸大小长七寸、宽四寸五分，上面画着一枝八寸长的白百合，花茎向左侧弯曲，周边笼罩着淡淡的桃色。打了格线的部分仅仅占到信纸三分之一的面积。在那里用比四号活字更小一些的字号，密密麻麻地写着一行一行的字。）

终于来了，我早已有心理准备，会有这么一场闹腾……终于闹翻了。昨晚我们争吵得极为激烈，要是阿光看到的话，会吃惊成什么样呢？我们夫妻俩——啊，请你原谅，我在说"我们"——很久没有吵成这样了。不，哪里是很久，而是结婚以来的第一次啊。即便是上次那档子事儿的时候，也没发生过昨晚那么激烈的争吵。他那样一个温柔体贴的人，竟然会如此地怒气冲天！倒也难怪，因为我现在想想，的确是自己说了过分的话。为什么自己在丈夫面前，会变得那么固执呢？而且昨晚尤其固执，这究竟是怎么了？……因为这次我一点都不觉得自己做了对不起他的事，然而，丈夫却说出了非常粗暴的话，什么不良少女啦，吸血鬼啦，中了文学的毒啦——给我冠了一大堆的恶名，还嫌不够，连阿光也一起带上，说阿光是"卧室的闯入者"，是"破坏别人家庭的人"等等，如果只是我自己的事倒也忍了，可是连光子都受到迁怒，就再忍无可忍了。

"我要是不良少女，那你当初为什么要娶这样的人作妻子？你不像个男人，你是为了让我家为你出学费，才和自己不喜欢的人结婚的吗？我的任性难道不是你从第一天就知道的吗？你个懦夫！你个窝囊废！"

我猛烈地挖苦了他一番，然后他突然举起烟灰缸，我以为这下要遭殃了，结果他把烟灰缸砸向了墙壁，粗暴的事他干不出来，只见他脸色苍白、一语不发。

"你敢把我弄伤了试试看，我可不怕你。"即便我这么说，他仍然默不作声，打那之后直到今天，丈夫连一句话都不跟我说……

——有关信中的争吵一事，我还希望跟老师多说一些。不记得以前是不是也说过，我总觉得我和丈夫在性格上不合，而且，生理方面也不合拍，婚后我从没体验过真正的夫妻生活的快乐。用我丈夫的话说，就是"因为你太任性了，哪里是什么性格不合，是你不想合。我这里在努力争取相合，而你呢？根本没有用心努力。这怎么能行呢？所谓世间的夫妻，没有完全符合理想的。即使在别人看来是美满如意的，了解到内部真实情况后，也没有十全十美的人。我俩在别人看来可能都是令人羡慕的。从一般的标准来判断，我们其实就算是幸福的了。因为你是不懂人情世故的娇小姐，自己身在福中不知福，还要挑肥拣瘦。像你这样的人，无论嫁给一个多么无可挑剔的丈夫，你也永远不会感到满足"。

他总是这么一番论调，可是，我就是听不惯丈夫那种似乎通晓世态的口吻，所以我就反驳他说：

"看来你不曾有过一丝烦恼，像你这种人，根本就不像一个真正的人。"

丈夫也许是在努力适应我的性格，然而，那不是真正的、在性情上的贴合，我感到他是把我当成孩子来对待，一味地哄着我，所以，这种态度让我极其恼怒。有时我也对他说：

"听说你在大学是高才生，所以像我这种人，在你看来一定很幼稚，可是在我看来，你却像一块石头。"

他这个人的内心里，到底有没有"激情"这种东西呢？这个人到底会不会哭泣、愤怒和惊讶呢？我对丈夫冷静的性格，不光有着一种无奈的寂寥感，而且不知何时开始抱有一种恶意的好奇心。这就是引发之前婚外恋的事、眼下光子的事，以及后来各种事件的根源。

八

　　上次事件发生时，我们刚结婚不久，我仍保持着少女时代的一份纯真，比起现在的自己，既天真又胆小，所以，内心对丈夫充满了愧疚。然而这次，就像我信里写的那样，我丝毫没有愧疚之意。说实在的，在丈夫不知不觉间，我已经经历了诸多辛苦，渐渐失去了那份纯真，性格变得圆滑了，但是丈夫对这些变化毫无体察，至今依然认为我是个不懂世故的孩子。起初这让我感到无比气恼，可是一旦气恼起来，他更是不当回事。那么好吧，如果他认为我是个孩子，就让他一直自以为是吧，让他粗心大意去吧，慢慢地我有了这种想法。表面上我总是装出任性的样子，不合自己心意的时候，就缠磨着他或向他撒娇，但在心里却是一番嘲弄：

　　"哼，把别人当成孩子就自以为了不起，你才是个天真无知的公子哥呢，对不对？你这种人才最好骗了。"

　　后来就觉得这样很好玩儿，以至于一旦有点不如意，就立刻又哭又闹的，连我自己都心生恐慌，原来我的演技竟然如此高超……老师，这种事情您能理解的吧？人的心理这种东西，的确会随着处境的变化而发生巨变啊。要在以前，有时我会突然感到惊讶，"哎呀！我不是要做这种事的"，自己会感到一种悔意，可是现在却是一种对抗的心态，"干吗这么懦弱？这点事就怕了，怎么能行？"自己似乎在嘲笑自己的胆怯，"……而且，如果背着丈夫喜欢别的男人是一件品行败坏的事，可是女人爱恋女人，这就无所谓了。同性之间无论怎样亲近，丈夫也没有对此论长道短的权利"。我总是找出这些理由来欺骗自己。其实，我思念光子的程度要远远超过上次那个人的十倍、二十倍……要热烈一百倍、两百倍之多……

我变得如此大胆，还有另一个理由。丈夫从学生时代起就埋头用功，刻苦的程度无法形容，我父亲正是看上了他这一点。由于他实在是个循规蹈矩、不懂变通的人，所以我和光子之间的关系，他很难察觉到，只是认为我俩仅仅是关系好而已，觉得不值得放在心上。起初丈夫做梦也想不到会有这种事，后来慢慢地才感到事情不妙。这也难怪，以前从学校回家，我在途中会顺道去事务所叫上丈夫结伴而行，可是近来却自己一个人先回去了。而且，光子大概三天一定会来一次家里，我俩长时间地躲在家里。说是给我当模特儿，可是都做了什么呢？好多天过去了，一张画儿都没画出来，丈夫觉得奇怪也是自然之事。

我说："嗳，光子啊，最近我家那位似乎有所察觉了，我们得小心才是。今天我去你那里吧。"

虽然我也去过光子的家，——啊对，光子的母亲对我丝毫没有产生怀疑，因为她知道学校里传出的那些令人厌恶的谣言，全都来自市议员的诽谤。我也想维持这份信任，每次去光子家，我都讨好她母亲，她总是称呼我为"柿内家的夫人"，又说："光子结交了你这么好的朋友，太好了。"

所以，我每天过去玩一玩，给她家打电话什么的都没关系。可是……她家里除了母亲之外，还有信中提到过的、名字叫作小梅的贴身女佣，家里人多眼杂，不能像在我家那样自由放任。

光子说："我们家还是不行的。难得我妈这么信任阿姐，要是不小心露出端倪可就糟了。"然后她提议说：

"对了对了，我们去宝塚的新温泉怎么样？"

于是，我俩就去了宝塚，一起进入家庭浴池，光子说：

"阿姐真是狡猾，只是一味地要求看我的裸体，自己的裸体却一点都不让我看。"

"并不是我狡猾，是因为你太洁白了，简直让我感到羞愧。让你看到这么黑的皮肤，你会厌恶的。"

当我第一次让光子看到我的肌肤时，我的确不愿意和她站在一起。光子不仅仅是肌肤雪白，而且体型非常匀称、身姿挺拔，所以我和她一比相形见绌，立刻感到自己的身体太难看了……她却说：

"阿姐也很漂亮啊，我俩并没有什么不同。"

最后我也当真，不再多想了……可是最初却自惭形秽，感到自己的身体在往回缩。

还有，上个星期天，我和丈夫去摘草莓的事，在光子的信里也提到了的吧。其实，那天我还想再去宝塚的，可丈夫说：

"今天天气不错，怎么样？咱们去鸣尾玩玩吧？"

我想偶尔也讨好一下丈夫吧，心里虽然感到厌烦还是随他出了门。可是我丝毫没有兴致，魂早已飞到光子那里去了。思念之情越是强烈，对丈夫这个那个的攀谈就越是感到厌烦，所以对他爱答不理的，一整天都感到不痛快。也许从那时起，丈夫觉得非要处惩我一下不可。可是，就像前面说的那样，丈夫总是一张严肃的面孔，喜怒不形于色，所以我丝毫没有察觉到他的怒气。

黄昏时我们回到家，知道了我们外出时有光子的电话，我懊恼至极，就把怒气发泄到丈夫和女佣身上。第二天早上，收到了光子的那封信，信中带着怨恨，我马上给她打电话商量，我俩约好在阪急电车的梅田站见面，如果不去学校，就直接去宝塚。之后差不多有一周的时间，我们每天都去宝塚。对了，刚才那张照片，就是那个时候照的。定做的同款花色和服做好了，我俩穿着一起拍了纪念照……

可能是在去摘草莓之后过了五六天吧，我俩在二楼像往常一样聊天，刚过三点左右，女佣慌慌张张地从楼下跑上二楼来说：

"先生回来了！"

"啊？怎么会在这个钟点回来啊！"我惊慌失措地说：

"阿光，快！快！"

我俩一脸的尴尬来到了楼下。那时丈夫已经脱下西装，换上了家居的斜纹哔叽的单层和服，看到我俩的一瞬间，表情显得有些厌恶，但立刻恢复正常，他说：

"今天事务所没什么工作，我就提前回来了，你俩也逃课了吧。"

接着又对我说：

"你泡点茶、拿出些好吃的点心好吧？有客人在这里……"

然后三个人无所事事地闲聊着，那时光子不小心叫了我一声"阿姐"，我猛然一惊。先前我经常跟她说：

"你不要叫我'阿姐'，还是叫我'阿园'比较好，以后要是叫习惯了，不管在什么人跟前都会脱口而出啊。"

可是每次光子都会不高兴，她说：

"我不想，不想这样，哪儿有这么见外的？姐姐不喜欢我叫你'阿姐'吗？求求你让我叫你'阿姐'吧，有别人在的时候，我一定一定会小心的！"

可是，这次终于说漏嘴了。所以，光子回去以后，丈夫和我两人说起话来都变得吞吞吐吐了。到了第二天傍晚，吃过晚饭后，他好像突然想起来似的问道：

"我总觉得最近你的态度让人难以理解，一定有什么原因吧？"

"你说的难以理解是什么意思？我自己一点都没觉得。"我反驳道。

"你似乎和那位叫光子的姑娘关系很要好，可是，你对那个姑娘究竟是怎么想的呢？"

"我很喜欢光子啊，所以我们关系很好啊！"

"我知道你喜欢，可这是哪种意义上的喜欢呢？"

"喜欢是感情上的东西，没什么理由啊。"

我觉得自己不能示弱就故意挑衅似的这么说。他便说：

"是啊，你不要那么激动，心平气和地把话说清楚，不好吗？喜欢也有各种不同的意义，因为你在学校传出了那样的谣言，被人误解丝毫无益，所以我才要问问你。"然后又接着说：

"万一这种事传到社会上，你要承担的责任比那个姑娘更大。因为你的年龄要大一些，又是有夫之妇……那样的话，你在她父母面前岂不是无可辩白吗？不光是你，就连我也要被人指责，明明知道却不加制止，以后我可怎么为自己辩白呢。"

丈夫的每句话都说到了我心里，可我还是强词夺理：

"我都知道了，可我讨厌连交个朋友也要受到干涉。你是你，有喜欢的朋友就好；我是我，希望你能让我随意。我也知道自己该负的责任。"

"如果是一般意义上的朋友，我绝不会干涉。可是，如果每天都逃课，背着丈夫悄悄地躲在没人的地方，这样别人就会认为你们不是正常良好的交往。"

"什么？你尽说些莫名其妙的话，竟有如此奇怪的想象，你才是卑鄙无耻之徒。"

"如果真的是我不知廉耻的话，你让我负荆请罪我都愿意。

我一直在尽力祈求事态不要发展到我想象的那种地步，可是，你在斥责我卑鄙无耻之前，是不是有必要先问问自己的良心？你敢说自己问心无愧吗？"

"为什么今天又说出这些事来？我喜欢光子，她长得漂亮，所以我们成了朋友，这事你也是知道的呀。你自己不是也说过的吗？'是一位大美人的话，也让我见见'，对不对？谁都喜欢漂亮的人，不是理所当然的吗？女性之间的喜欢，不就像喜欢艺术品一样吗？你把这说成是不健康、不正常，你才更不健康呢！"

"话虽如此，如果是热爱艺术品的话，就没必要单独两人闷在家里，我在的时候也是一样才对呀……不管什么时候，一旦我回到家里，你俩总是异常地忸怩，这是为什么？而且再说了，你们又不是亲姊妹，却'阿姐''阿妹'地叫着，我看不过眼。"

"真蠢！你根本不懂女学生之间的事情。不管是谁，如果关系不错的话，大家都是用'阿姐''阿妹'称呼彼此的，这并不稀奇。也就你这种人会感到奇怪。"

那天晚上丈夫也坚持不认输。以往只要我稍微地撒点娇，他就会说："真拿你没办法了。"然后就过去了，不再多说什么，可是这次却不依不饶，他说：

"说谎可不行，我已经仔细问过阿清了。我知道你们不是为了画画儿，到底在干什么？请你说个明白吧。"

"这种事没法彻底讲明白，虽说是画画儿，但和专业的画家照着模特儿作画不一样，反正一半儿也是在玩耍，我们也不需要那种正儿八经的做法。"

"既然如此，就别用二楼的卧室了，用楼下的房间不行吗？"

"用卧室又怎么了？你可以去专业画师的工作室看看他们如何作画，就算是专业人士，他们在作画时未必就一脸严肃、一刻不停啊，而是等到心情放松时才去作画，否则就画不出好作品。"

"你说得这么了不起，打算什么时候出一幅作品呢？"

"能不能画出画儿来，根本无所谓，光子可不只是相貌美，而是全身都漂亮，简直美得让人魂不守舍，所以我让她摆出观音的姿势，即使不作画，目不转睛地看着她，无论看多久我都看不够。"

"那个女子在你面前摆出姿势来，让你看上好几个小时，难道就无所谓吗？"

"是啊，女人摆给女人看并不害羞啊，自己的肌肤受到赞美，谁都会高兴的，对不对？"

"再怎么是女性之间，大白天的，一个年轻姑娘裸着身体，你们简直疯了！"

"我们可不像你那样被习俗捆绑着。你在看到电影女演员的裸体后，是不是也会真切地感到'真漂亮啊！'？要是我呢，那时就像看到了美丽的风景一样陶醉其中，体验到一种难以言说的幸福感、一种很有意义的感觉，甚至会流出热泪。对不具

'美'感的人进行解释就是对牛弹琴。"

"这种事和'美'感有什么关系？你们这是性变态！"

"你才是老古董呢！"

"别说蠢话了！你一年到头看些无可救药的恋爱小说，已经文学中毒了。"

"你真烦人呐！"我把头扭到一边不想跟他搭腔了，他又接着说：

"光子给人的感觉可真不像个正经的大家闺秀，但凡她稍有常识，就不会闯入别人家庭，做出破坏家庭和睦的事情来。这种人本质上就有问题，肯定不是什么好人，你和她交往，很快会有麻烦的！"

自己喜欢的人遭人诟病，这比自己受人指责更令人感到气愤，我一听到他说光子的坏话，不由得火冒三丈：

"你说什么？你有什么权利对我喜欢的人说三道四啊？像光子这种容貌和性情完美一致的人，全世界再找不出第二个。她那么心地纯洁，根本就不是凡人，她就是观音菩萨的化身！你说她的坏话，是要遭报应的！"

"瞧瞧、你瞧瞧，说出这种话来，就是头脑不正常了！你这说话的腔调简直就是疯子。"

"你才是朽木一块呢！"

"你是什么时候变成了一个不折不扣的不良少女啊?！"

"反正我本来就是不良少女，啊？你原本也是知道的，那为什么要和这样的人结婚呢？你是为了让我老爸给你出资留洋才娶了我，嗯？我没说错吧！"

任丈夫脾气再好，听到这话，也气得额头上青筋暴起：

"混蛋！你给我再说一遍！"他破天荒地大声怒吼道。

"呵，多少遍我都说给你听！你不像个男人，你是想得到钱才和我结婚的！你无耻！"

我刚说完，丈夫一下坐直了身子，抄起一个白色的东西唰的一声扔了过来，"咣唧"砸到了我身后的墙壁上。我拼命地缩着脑袋，并未伤及毫发，原来他扔过来的是烟灰缸。丈夫从来没有对我动过粗，哪怕是吓唬我也从没有过。所以我也一下子情绪激昂起来。

"你就那么恨我吗？要是我身上有什么闪失，我可是要告诉老爸的，如果你明白这一点，要杀要打随你便了！好吧，我希望你杀了我！你来杀呀！"我半疯半癫地号啕大哭。

"混蛋！"丈夫只骂了这一句，就盯着我发愣。

自此丈夫和我互不搭话，第二天一整天，两人瞪着眼敌视着对方，晚上进到卧室里依然默不作声，差不多到了半夜，丈夫翻过身来，把手搭在我的肩上，试图把我的身体扳向朝他，我随他扳弄却装作睡着的样子，他开口说：

"昨晚我的话有点过分了，但那也是因为我爱你，这一点你是懂我的吧？我表面上看起来冷淡，可我的内心并不冷淡。要是有不对的地方，我会尽力去改，所以你也要尊重我的意愿，对吧？我绝不干涉你其他的事情，唯独那个叫光子的姑娘，请你往后不要再和她交往了。我只要你保证这一点。"

"我不乐意！"我闭着眼睛使劲地摇着头说。

"你不乐意的话，你们继续交往我也没办法，但是你们不要进到卧室里来，不要两人单独去哪里。今后出门、回家，你都要和我在一起！"

"我不乐意！"我还是摇头，我说，"我不喜欢自己的事情被别人规定，我希望有绝对的自由。"说完我就翻过身去不理睬丈夫了。

九

既然夫妻关系破裂了，我就不再有所畏惧了。无论怎样都无所谓，这下反而让我更加眷恋光子了。第二天，我一早飞奔到学校，可是那天不知怎么搞的，没有看见她的身影。我就给她家打了电话，女佣说她今天去了京都的亲戚那里，这让我更加渴望见面了。想见到她的心情每强烈一分，昨晚吵架的情景就会更加鲜明地涌上心头。我不顾一切地给她写信倾诉，把信寄出去以后，才去想，"写了那些夫妻争吵的事，光子会怎么想呢？"突然我又开始担心起来，"她会不会说'因为对不起姐夫，自己就退避三舍吧'？"

然而，第二天我在操场那边的梧桐树荫下等她时，她却毫不介意别人的眼光，嘴上叫着"阿姐"向我跑过来，她说：

"我今天早上看了阿姐的那封信，在见到阿姐之前一直在担心……"她两手搭在我的肩上，仰望着我，眼里含满了泪水。

"唉，阿光，你也很恼火的吧，被他说成那样……"说着我的眼泪也吧嗒吧嗒地落下来。"你是不是心情很糟？要是把你心情搞糟了，请你原谅啊，我要是不写那些事就好了。"

"我说的不是这件事。我自己的事别人怎么说都无所谓，可是阿姐被姐夫那样一番数落，阿姐一定讨厌我了吧？是不是？阿姐一定是讨厌我了吧？"

"傻不傻呀你，要是那样，昨天我还给你写那封信、还给你打电话干吗？事已至此，无论发生什么事，我都不可能和你分手！他那种人再跟我多啰唆，我就把他撵出去！"

"阿姐现在这么说，以后慢慢就会讨厌我了，仍旧会喜欢姐夫，对不对？因为天下的夫妻都是这样的……"

"我和那种人不是夫妻，我还是 Mademoiselle^① 呢。只要阿光愿意，万不得已的时候，我俩就逃到别处去。"

"啊！阿姐，这是真的吗？你说的不是骗人的吧？"

"当然是真的！我已经下定决心了。"

"我也下定决心了。我要是去死，阿姐也能和我一起死吗？"

"会的，我也去死啊！阿光也能跟我一起死吗？"

就这样，由于一场夫妻争吵，我和光子的关系反而更加亲密了。丈夫似乎感到已无可挽回，打那之后也不再说什么了。我越发得意忘形，胆大妄为了。

"家里那位已经彻底死心了，我再也不用顾忌什么了。"

① 法语对未婚女子及少女的称呼。

光子听我这么说，也逐渐变得放肆起来。有时我俩在二楼时，即使丈夫回来了，她也说"阿姐，我不想让你到楼下去"。她自己不愿下楼，也不愿意让我下楼。有时在我家，不觉间玩儿到晚上十点、十一点左右，光子就说"阿姐，你给我家里打电话吧"，然后我就给她母亲打电话，告诉她家里"光子今晚在我家吃晚饭，大概会在几点回去"，到了时间，那个叫小梅的女佣就会开着家里的车来接她。

晚饭有时是两人单独在二楼吃，可是丈夫一个人闲得无聊，我就问他："你要不要和我们一起吃？"他回答说："嗯，好啊。"所以大多是三个人一起吃晚饭。吃饭时，光子对叫我"阿姐"已经毫不顾忌了。她如果想和我说话了，哪怕是半夜，也会叮铃铃地打来电话。我问她：

"你这是怎么了？这个时间了，还没睡吗？"

"阿姐已经睡了吗？"

"是啊，这不都两点多了？……我好困啊……正睡得香呢……"

"哎呀那太对不起了，你俩好容易才夫妻和好……"

"你就是为了说这个，特意打来电话的？"

"有丈夫就是好，可我独自一人，孤独寂寞，不管是几点我都睡不着啊。"

"真是拿你没办法了……别撒娇了，早点睡吧，明天我陪你玩儿。"

"我明天早上一起来立刻就到阿姐那里去，姐夫要是睡到很晚，你就早点把他叫起来，打发他出门哦。"

"嗯，好吧、好吧……"

"一定哦！"

"好，好，知道了。"

这些无聊的闲话，我们在电话里能叽咕上二三十分钟。慢慢地两人私下里来往的信件，我也毫不忌惮了。光子写来的信，看完我就随手丢在桌上。——当然，丈夫也不是那种偷看别人信件的人，所以我对此并不担心，但以前我读完信，都是急忙把信锁进抽屉里的。

这样一来，我心里清楚，丈夫那边早晚还会再来一场风波，可是眼下对我来说比之前更为方便了，我也就更加沉溺其中，成了热情的奴隶。然而，正当我最为迷醉之时，却发生了一件做梦都想不到的事——真的，对我来说简直就是晴天霹雳。

这件事发生在六月三日那天。白天光子来了，一直玩到傍晚五点左右，她回去之后，我和丈夫两人吃过晚饭是八点钟，之后过了一个小时左右，刚过九点，女佣过来说：

"夫人，有您的电话，是从大阪打来的。"

"大阪的谁呀？"我问。

"对方没说是谁，但是说，要让夫人赶快听电话。"

我接了电话问："喂喂，您是哪位？"

"阿姐，是我——是我呀！"

除了光子其他人不会这样叫我，可是，不知是电话距离太远，还是说话声音小的原因，声音微弱得几乎听不到，我疑心是什么人故意恶作剧，便叮问道：

"是哪位？请问您贵姓？您拨打的是哪个电话号码？"

"是我呀，阿姐，我打的是西宫的 1234 号。"

听到那边说出家里电话号码的声音，我才确信真的是光子，她又说道：

"……我，现在在大阪的南区，我遇到了大麻烦，糟糕透了……和服被人偷了……"

"你说什么？和服？……你干什么了？"

"我泡澡来着……这里，是难波新地①的酒家，里面有澡堂的……"

"哦，你怎么会去那种地方？"

"这件事一两句话说不清楚……前几天我本来想实话告诉阿姐的，可是……唉，这事还是回头慢慢跟你说吧……我现在难堪极了……所以阿姐请你一定要帮我，就是我们才穿过的那件同款的套装和服，求求你，请你马上帮我送来。"

"这么说，你离开我家之后，一直都在大阪转悠呢？"

"嗯，是的。"

"你在那里跟谁在一起？"

"那个人，阿姐你不认识的……我要是没有那件和服，今晚就没法回家了，所以求求你了，我这辈子就求你这么一件

---

① 大阪的花街之一。

57

事，你能给我送来那件和服吗？"光子带着哭腔央求道。

事情太过意外了，我心里扑通扑通地直跳，甚至两腿都发起抖来。我问她送到哪里好，她说是一个叫井筒的酒家，就在南区太左卫门桥的笠屋街那里，可是我从没听说过这个酒家。而且光子还说，除了和服，腰带、带扣、腰带里的衬垫都要给她送去。幸好成套的东西都有，但是让人搞不懂的是，为什么连宽腰带、窄腰带、布袜子还有带扣这些小零碎都被偷走了。我又问：

"那衬领呢？"

"贴身的汗襦躲过了一劫。"

她说一个小时之内，让我找一个可靠的人送去，最晚不超过十点。可是我又不能随随便便找个人去，思前想后，最好的办法是我亲自坐车马上送去。我问：

"我亲自送去可以吗？"

刚才似乎还有一个人陪在电话边上，那个人时不时地让光子"这样做、那样做"地指点着，光子回答说：

"既然已经这样了，阿姐来也好……要是不来的话，小梅现在应该在梅田的车站等着了，你可以把衣服交给她，不过小梅不知道酒家的地点，麻烦你告诉她地点。对了，来找我时，就说找一个叫铃木的。"

电话那头嘀嘀咕咕好像又在商量什么，过了一会儿，光子似乎很为难地开口说道：

"那个，阿姐……那个……真是太不好意思了，还有一个人没有衣服穿，很着急，如果可以的话，把姐夫的衣服也拿一套来，不管是西服还是日常穿用的和服都没关系……还有，我这里尽说些随意任性的话，实在实在对不起了，不过……如果能给我带来二三十日元的零钱，就更加感激不尽了。"

"零钱可以办到，总之你先等着吧。"

说完我就挂断了电话，然后立刻吩咐备车，我只甩给丈夫一句话"我去一下大阪就回来，光子说有急事"，就急忙上了二楼。从衣柜里找出那件同款套装的和服和其他物件，还有丈夫外出时穿的斜纹绸缎的单层和服、短外套和斑点花纹的三尺腰带，用包袱皮裹好，交给女佣拿好，先悄悄去门口等着。在我刚要上车时，丈夫从屋里追出来问道：

"你拿着包裹要去干什么？都这个钟点了。"

果然丈夫还是有所担心，大概是因为我神色慌张，脸色也不太正常的缘故，而且衣服还是便装，头发也没梳理就要出门，他一定认为是相当严重的事情了。我回答说：

"这个，我也不清楚是什么状况，光子突然说今晚要穿这件套装和服。"说着我故意从包袱皮打结处抽出和服的一点边角给他看，"她说出了事，必须得穿这个，让我给她送到大阪的酒家去。也许是业余表演什么节目吧。待会儿我让车等着我，送完了马上就回。"

时间已经不早了，九点二十五分左右，本来我打算驱车直奔南区那个叫井筒的酒家，但转念又想，不如先去梅田找找小梅，问一下小梅，也许就能知道其中的某些缘由。我到了梅田车站一看，在车站正中的进站口处，小梅正东张西望焦急地等在那里，我在车里向她招手，喊着："小梅！"

"呀，是夫人啊！"小梅见到我很吃惊，又有点不好意思，我对小梅说：

"你是在等阿光吧。现在出了大事，阿光紧急打来电话，让我去接她，你也赶紧上车，一起来吧。"

"啊！真的吗？"小梅似乎并没搞懂怎么回事，磨磨蹭蹭的。我把她拉进车里开车就走，在车里我简短地把刚才电话里的事跟她说了。

"你看，到底会是谁呢？那个和光子一起去酒家的男人。小梅，你知不知道？"

起初小梅一脸为难，什么也不说。然后我又跟她说：

"你不会不知道吧？这种事不是今天才开始的，对吧？你放心，不管发生了什么事，我都不会给你添麻烦的，你要是告诉我了，一定会有重谢。"说着，我在她面前拿出十日元的钞票，包在纸里递给她，小梅却推辞着说：

"不，不用了，平时总是得到您的赏钱。"

我把钱塞进她的腰带里说：

"拉扯这些，时间都耽误了。"

"我和夫人一起去那种地方接人，不碍事吗？回头小姐会不会骂我？"小梅问。

"怎么会呢？要是不能去，我怎么会叫你一起来呢？"

"小姐真的打了那通电话吗？不知道为什么，我很担心这一点……"

小梅这么说，似乎还在怀疑会不会入了我的什么圈套，我说：

"你的担心也情有可原，不过如果没有那通电话，我怎么会知道？不可能的呀。"

"那倒也是，不过，一直到现在夫人丝毫都没有察觉到，这是怎么回事呢？我总觉得害怕极了……"

"嗯，那么是什么时候开始的事？"

"已经很久了……大概是四月份那会儿吧，这个我不是很清楚……"

"是谁？对方那人。"

"这个我也不太清楚。小姐总是给我一些零钱，让我用这些钱去看看电影什么的，然后让我在几点到梅田来等着她。她去了哪里我一点都不知道，我以为她还是在哪个地方和夫人见面呢。小姐每次回家晚了，都会解释说'今天我都在柿内家里，一直玩到这会儿'……"

十

"这种情况以前有过几次？"

"这也没法数清楚了。小姐出门时总是说'今天去练习茶道'，或者说'今天去柿内家里玩玩'什么的，我以为是真的呢，就陪着去了，结果她又说，'我有点别的事'，神色很是慌张，就自己一个人不知去了哪里。"

"你说的都是真的吗？"

"我为什么要跟您说谎呢？夫人您就一点也没察觉到吗？为什么至今都不曾觉得奇怪呢？"

"那是因为我傻，被利用得这么惨、被当成工具、被踩在脚下，甚至到现在还一无所知。可就算是这样……"

"说实话，我们家小姐真是一位可怕的人物……我每次见到夫人都会觉得很愧疚，夫人真是可惜了，太可惜了……"小梅发自内心地同情道。

虽然跟小梅这样一个女佣交谈也无济于事，但我极其恼火，心里翻江倒海的，不管三七二十一，就想把满腔的愤恨一股脑儿地倾倒出来，我说：

"小梅呀，你也看到了，这种事我连做梦都想不到，就在前几天，我和丈夫甚至闹到了吵架的地步，为了光子我倾尽了所有。如果不是被她迷得头脑发昏，脑袋瓜再不够用，也一定会有所察觉的。唉，这个倒也算了，可是今晚打来这一通电话，她到底安的什么心？！欺负人也得有个限度吧？！"

"真的不知道她是怎么想的，肯定有她不得已的事由吧？"

"有什么不得已？自己和喜欢的男人又是去酒家、又是去泡澡的，这种事情难道只是应酬吗？你也替我想想看！"

"您说的倒也没错，可是衣服被偷了，小姐她总不能赤身裸体地回家去吧……"

"要是换了我，我就光着身子回家。与其打一通那么丢脸的电话，不如干脆裸身回家好了。"

"这种时候遇上窃贼，他们也不可能做坏事了。"

"总归是遭到报应啦。他们还不只是被偷了钱，两人一块儿被偷得精光，从腰带到布袜都被洗劫一空啊……"

"是啊，是啊，是报应啊！"

"唉，真是的，她准是为了这种事情才和我做的同款和服……我已经被她耍弄到什么地步了？！"

"小姐她今天穿了那件和服出门，还真是命大了呢。如果您不去接她，随她怎么样的话，那她该怎么办呢？"

"我还是非常想帮她的，但起初完全不知道这是什么情况，电话那边是一副哭腔喘着气地说话，我也只剩下惊吓的份儿了。不管多么恨她，但在内心里还是恨不起来，当我眼前闪现出她裸着身子颤抖的样子时，就觉得她好可怜，真是让我坐立不安……小梅呀，怨不得别人会拿我当傻瓜呢。"

"这种事，的确是这样的吧……"

"不仅如此，不光是让我给她拿衣服，就连那个男人的衣服也让我一起带去，而且两人还在电话那头嘀嘀咕咕地商量着，简直就是在向别人卖弄嘛，脸皮得有多厚才能说出这番话呢？在众人面前'阿姐、阿姐'地叫着，竟然还说'除了阿姐，我没给任何人看过自己的肌肤'，我真想让众人看看他们被人弄成赤身裸体的样子。"

那时我只顾着大倒苦水，也不知道车子开到什么地方了，好像是沿着堺筋在清水町向西拐了弯，可以感觉到对面心斋桥一带大丸的灯光在闪烁，我正在琢磨继续开到大丸前面，然后要在太左卫门大桥南面拐弯，这时就听到司机问：

"这里就是笠屋街了，车子停在哪儿？"

"哦，这里是不是有个叫井筒的酒家？"

我们开着车子到处寻找，但是没找到。再向这一带的人打听，却说：

"那个不是酒家，是家旅馆吧。"

"在哪儿呢？"我问。

"就在这个前面，在小巷深处。"

那家旅馆是在宗右卫门大街和心斋桥一带最为背街的地方，在一条来往行人极少的暗黑胡同里，那里多是一些艺伎馆

64

舍、小酒屋、旅馆之类的，商家好像已经打烊了，静悄悄地，各家门面狭小，外观简朴。我们按照指路人说的那样走到了小巷口，看到门灯上写着"井筒旅馆"，字迹很小，我就跟小梅说："小梅呀，你在这里等着吧。"然后只身走了进去。

说是旅馆，可由于它的位置在胡同尽头，总给人一种暧昧的感觉，所以我拉开格子门后，迟疑了一会儿。在厨房那边好像有人在一个劲儿地打电话，我招呼了好几声，也没人出来。"有人吗？有人吗？"我大声地问着，终于出来了一个女招待，她看到我，还没等我开口说话，已显出心领神会的样子，对我说"请上来吧"，就领我上了一段窄小的楼梯，来到了二楼。

"接您的人来了。"女招待说着，拉开了房间的隔扇门。我进去一看，是一个三张铺席大小的套间，只有一个二十七八岁面色白净的男人，毕恭毕敬地坐在那里，他问：

"不好意思，请问您是光子的朋友，那位夫人吗？"

"是的。"

我刚作回答，突然"噗通"一声，对方拘拘板板地向我施礼，他的头一下就扑伏在了榻榻米上，并说：

"今晚这事，不知该说什么来向您道歉。不管怎么说，这件事应该由光子来向您赔不是，可是她说实在没脸见您，而且也没衣服穿，实在是难以开口，好歹您先把衣服借给我们穿上，她再出来见您。"

这个男人，看来的确是光子喜欢的那种类型，外形周正、漂亮得就像女人一样。虽然清淡的眉毛、细细的眼睛给人一种狡猾的感觉，但我在看到他的一瞬间，也不禁感叹："真是个美男子啊！"这人应该没有衣服穿的，可现在他却好端端地穿着条纹铭仙绸的单衣，后来才听说，他是临时借了旅馆里男服务员的衣服。

"替换的衣服，我拿来了。"说着我把包裹交给了他。

"太谢谢您了！"他双手恭恭敬敬地接过包裹，拉开房间角落处的隔扇门，把包裹塞了进去，又赶紧把隔扇门关上，我只略微瞥见一点立在床头边的矮小屏风……

那天晚上的事，如果像这样一一细说的话，就太长了。简单地说，那时我想，他们要的东西，我已经送到了。既然有男人在场，就是和光子见了面，也不能说什么，于是我用纸包了三十日元，说：

"我先回去了，请把这个交给光子。"

"哎呀，您可别这么说，请您等一下，她马上就出来了。"

那个男人坚持让我留下，然后又重新跪坐到我面前，说：

"其实，这件事的确应该由光子来做出解释，可是我认为，也有必要从我的立场来给个交代，您能权且听一下吗？"

看来，他们是早就计划好了。光子她自己难以启齿，所以趁着她穿衣服的空当，由这个男的来替她说话。那个男的说……哦，对了、对了，那时他说：

"我的钱包被偷了，名片也没了，不过我可以告诉您，我叫绵贯荣次郎，住在船场德光家商铺的附近。"

听这个叫绵贯的男人介绍说，他和光子相爱，是在去年年末前后，光子还住在船场那边的时候，他们两人甚至有了婚约。可是到了今年春天，光子和M家的婚事冒了出来，眼看着自己和光子的婚事没什么指望了，不承想又传出了同性恋的绯闻，那桩婚事又彻底告吹了。他接着说：

"我们绝不是利用了夫人。虽然起初看起来像是一种利用，但是，光子她渐渐被夫人的热情所打动，她对夫人的喜爱甚至超过了对我的爱情。所以，我都不知道自己有多么嫉妒，要说被利用，倒像是我被利用了。虽然我是第一次见到夫人，但常常从光子那里听到夫人的事情。光子说，同样是恋爱，但同性爱恋和异性爱恋有着完全不同的性质，如果我不同意她和夫人之间的关系，那么她和我之间的关系也不能继续下去，这个条件最近我也同意了。光子她总是说：'我的阿姐是有丈夫的，我也是要和你结婚的。不过夫妻之爱归夫妻之爱，同性之爱归同性之爱，阿姐我一辈子都不会放手的，所以希望你要心里有数。你要是不愿意这件事，我就不和你结婚。'瞧，光子对夫人的感情，完全是认真的。"

我觉得他是在忽悠人，可是那个男的实在是能言善辩，说得天衣无缝。绵贯觉得，他和光子的关系一直瞒着我并不妥，他也跟光子说过，他已经同意了这种关系，所以也希望得到我的同意。光子当然也觉得挑明了更好，可事到如今，每每见到我，都难以开口，她总是在想"等有机会的时候再说、等有机会的时候再说吧"，就这么拖着，最终发生了今晚的事情。

另外，刚才在电话里说遭到了偷窃，其实还不是一般的偷窃。盗取衣物的并不是窃贼，而是赌徒。这件事听他仔细说来，他们的确没做坏事。那天晚上，在旅馆别的房间有人赌博，没想到他们遭到警察的布控，警察一拥而入。他们两人在惊吓之余，拼命地逃出房间，光子只穿着汗襟、男的只裹着睡衣，他们越过房顶逃到了隔壁人家，藏身到晾衣架的下面。赌博的那伙人也争先恐后地四处逃窜，大多成功逃脱了，可是，其中有一对夫妇没有及时逃掉，两人正在走廊上打转时，看到光子他们的房间开着门，于是就躲了进去，正是在光子他们逃出去之后。夫妻俩以为这下完蛋了，就顺势装作是偷情幽会的。这么做，是因为他们熟知，即便同样是刑事罪，由于赌博被拘捕和因幽会偷情被拘捕，其罪责是不一样的。然而警察也清楚这些弯弯绕，觉得这两人很可疑，于是逮捕了他们。在被警察带走时，他们穿上了光子和绵贯的衣服，那是光子和绵贯临时放进床头边衣物筐里的。夫妻俩为什么要穿别人的衣服呢？原来，夫妻俩借用的是旅馆的浴衣，正参与赌博时警察闯了进来。他们自己的衣服在对面的房间里，为了彻底装成是偷情的，不得已就穿上了放在床头边上的衣服。这边光子他们终于得以逃脱时，回来一看，衣服没有了，钱包、手提包这些东西统统没有了。当初要是悄悄地收好，就不会弄成这副模样了。这次连同旅馆的老板都一起被抓走了，他俩连个商量的人都找不到，想回家也回不了。而且还有一件令人担心的事，光子的手提包里装着阪急电车的月票年卡；而那个男的名片夹也丢了，要是警察往家里打电话，可就糟透了。两人挖空心思仍旧一筹莫展，这才把我叫了出来。就这样，男的又说：

"总之您能前来此处，说明您有一副好心肠，夫人也是为光子着想，对吧？虽不近情理，还得再麻烦您把光子送回芦屋的家里。就跟她家里说，今晚你们一起看电影来着，万一警察打了电话，您看能不能替我们巧妙地应付过去。"

十一

"夫人，今晚的事想必您一定很生气，但是请您千万要帮帮我们。"

男的这么说着，又"噗通"一声把头伏在榻榻米上。

"我自己怎么样都没关系，但请您把光子安全送到家里。您的恩情我一辈子都不会忘记。"说完他双手合十向我作揖。

我一听，觉得自己真是个老好人呢，无论觉得他们有多么过分，经他这么一番软磨硬泡，我也不好说"不行"了。可我还是满腔怒气，一时沉默不语，只是瞪眼看着他磕头作揖、行礼道歉的样子。最终还是拗不过他，就只说了两个字："好吧。"于是男人像演戏似的"啊！"了一声，声音里充满了感激之情。他再次磕头说：

"啊！您答应了吗？实在太感谢了！这样我也就放心了。"

然后他像是在察言观色，继续说：

"那么，我现在就把光子叫出来。不过，我还有一个请求，今晚状况太多，光子她情绪很亢奋，所以希望您先别多说什么了，行吗？您能答应我吗？"

无奈之下我只好答应了，男的立刻就叫了一声"光子"，然后隔着拉门说，"夫人已经答应了，你出来吧。"

刚才还听到隔扇拉门那边窸窸窣窣换衣服的声音，这会儿却寂静无声，没有一丝动静，里边似乎使劲在倾听这边的谈话。男的叫过她之后，过了大约两三分钟，才听到拉门咯吱咯吱，一寸一寸慢慢地打开了。光子出来了，眼睛哭得又红又肿。

那时我很想看看她是一副什么模样，可是我俩视线刚一对上，光子就慌忙低下了头，躲在男子身后，安静地跪坐下来。我只能看到她那肿胀起来的眼睑、长长的眼睫毛、高高的鼻梁，以及紧咬着的下唇，她的两手就像这样——深深地插进和服袖裉下开衩的地方。她歪着身子想要整理一下前襟时，那动作看起来很豁得出去。唉，我在看着光子的这些动作时，就想到定制这件同款和服还有穿着它们一起拍照的事情。想到这些，心中的怒火又燃烧起来了。早知现在，当初不去定做这些东西就好了，如今我宁可扑过去把它撕个稀巴烂——真的，如果没有那个男人在场，我可能就那么做了。男人似乎觉察到我的这种心情，在我俩还没开口说话之前，他就催促着说：

"来吧来吧！"然后他也换了衣服。从我这里接过钱，虽然旅馆那边说"不用了"，但他还是坚持结了账款等。又说："对了夫人，真是对不住您了，趁着这会儿时机最好，劳驾您给贵府和光子的府上打个电话吧。"他说这些话，似乎是为了不给我留下任何说话机会。我也觉得家里会为我担心，于是就给家里打了个电话，我告诉女佣并问道：

"我现在立刻就送光子回家，不过，光子的府上有没有来过电话？"

女佣回答说："哦，刚才有电话，因为不知道该怎么回答好，也没说大约几点能回去，就只说您二位去了大阪。"

"那么，先生已经就寝了吗？"

"没有，还没有。"

我交代女佣说："你跟先生说，我马上就回去了。"

然后我又给光子家里打去电话说：

"今晚我俩去了松竹座剧场，可是因为肚子太饿了，出来后去了鹤屋饭店。时间太晚了，我马上就会把光子送回去。"

光子的母亲来听电话说："哎呀，是这样啊，因为时间太晚了，刚才还给您府上打电话询问呢。"

听她母亲说话的口气，可以确定，警察还没有打电话通知家里。这样的话，情况还没那么糟，那就争分夺秒，赶紧坐上车子回去吧。三十日元还剩下一半，男人把剩下的钱都给了店里的男服务员和女招待，他说无论发生了什么事，都不会给大家添麻烦，但如果有警察来调查，就如何如何回答。这种时候他都能交代得那么细致周全，这一点令人感到惊讶。

这样终于要告一段落了——我到达那里的时间，大约是十点刚过，磨磨蹭蹭搞了有一小时，从店里出来的时候，大概已经过了十一点。那时我才想起来小梅还在等着。"小梅、小梅"

我叫着她，原来她一直在小巷里转悠，我就让她坐上了车。
"我也送你们回去吧。"男人说着就厚着脸皮跟着坐进了车里。
光子和我并排坐在靠里的座位上，小梅和绵贯坐在备用的位置
上，四个人闷在车里相对无语。车子快速飞奔，在驶向武库大
桥时，男人开口道：

"怎么办？我觉得我们最好还是装作是乘坐电车回家的样
子……"

他好像是突然想到说出来的，又说：

"哎，光子，你觉得车子停在哪里返回比较好呢？"

从芦屋川的停车场沿着西岸，朝山的方向走，那里有一片
很有名的樱花树叫"汐见樱"，光子的家就在那附近。那里离
电车站虽然只有六百多米的距离，但途中有一片寂静的松树
林，所以经常发生打劫或强奸事件，在社会上造成极大恐慌。
光子每次回家晚了的时候，即便有小梅陪伴，也会在停车场前
面就坐上人力车回家。我说，让车子开到停车场前即可，但小
梅立刻反对，哦不，这样不行，车行的人都认识我们，还是让
车子停在稍微远点儿的地方，我们在那里下车比较好。在这些
事情上我和小梅你一言我一语的，只有光子仍旧一言不发，时
不时目不转睛地盯着坐在对面的绵贯，眼神似乎在诉说着、叹
息着，于是男人说：

"嗯，那就在国道的业平桥那里下车吧。"

说完他也用同样的眼神回望着光子的脸。我很清楚，从那
座桥到阪急电车站那里，中间也有一处僻静的路段。道路一侧

是土堤，土堤上有很多高大的松树，所以那种地段三个女人是无法走夜路的。可想而知，哪怕只多半会儿时间，绵贯也想和光子待在一起。下车后，他想送我们走那段路。他说过自己"住在船场德光家商铺的附近"，可他如此熟悉桥的名称、附近的街路，说明两人在这附近散步过很多次。我很想对他说："一个男人跟着我们，让谁看见都不好，如果只有我们三个人的话，不管怎么说都好交代，就请你留步吧。你嘴上说把光子交给我了，自己却不回去，你再不走的话，我就回去了。"

可是，这时小梅却说："这样好啊，就这么办吧。"无论绵贯出什么主意，她都配合着绵贯的口风，又对司机说："那就不好意思麻烦您了，请把我们送到阪急电车站那里吧。"她是故意要让那男人得逞。想来小梅一定是光子和绵贯的同谋。

很快到了大桥处，我们下了车，来到土堤下面漆黑的路上。明明平安无事，小梅却抓着我说："夫人，这么黑的夜里，没个男人在的话，太吓人了，不敢走路啊！"然后就喋喋不休地说，最近在这条路上谁家谁家的小姐遭遇倒霉的事等等，还尽量离开那两人一段距离走路。那两人在我们身后离开大约十米前后的距离，一边走一边又在商量着什么，可以听到光子微弱的"嗯呀哈呀"的应答声。

在停车场前，男的回去了，我们三个女人又陷入了沉默，从那里我们坐人力车回到光子家。"哎呀呀，真是的，怎么搞得这么晚？"光子的母亲一边说着一边奔了出来，很是抱歉地对我说，"光子总是去您府上，尽给您添些麻烦。"还说了一大堆感谢的话。这边我和光子两人都表情怪异，唯恐话说多了会露出破绽。我趁着她母亲说要给我叫车，赶紧接过话头说"不用了，我让车子等在外面了"，就逃也似的离开了。再次坐上阪急电车返回凤川，从那里坐出租车回到香栌园，到家刚好是十二点。

"您回来了。"女佣来到门口接应。

"先生怎么样？已经睡了吗？"我问。

"刚才还一直没睡呢，这会儿刚躺下。"

还好，他什么都不知道，要是睡着就好了。我心里这么想着，尽量不出声地打开卧室的门，蹑手蹑脚走进卧室一看，床边的桌子上放着一瓶白葡萄酒，丈夫头上蒙着被子，看起来睡得正酣。他酒量很差，临睡前喝酒更是少有的事，我想肯定是因为太过担心而无法入眠才喝了酒。为了不打乱他平静的鼾声，我小心翼翼地躺到床上，可是怎么也睡不着。越想心里越是刀绞一般，气恼和愤怒一次一次地涌上心头。好吧，已经够了，我该怎么做来报复一下呢？不管怎样，这个仇一定要报！心里想着这些，我怒火中烧，不顾一切地伸手拿起桌上酒杯中剩下一半的葡萄酒，咕嘟咕嘟一口气喝了个精光。毕竟这一晚一直折腾到这会儿，已经累得疲惫不堪了，平时我是滴酒不沾的，所以顷刻间酒劲儿就上来了——这还不同于心情好时喝酒后的那种晕，头疼得像要炸裂开，心口犯恶心，全身的血液好像一齐涌到了头上。我大口大口痛苦地喘息着，"好啊好啊，大家都把我当傻子，你们就好好看着吧，看我下面要干什么！"

我满脑子只顾考虑这件事，险些就要冲口而出。心跳激烈得就像酒桶里的酒在往外倒一样"咕咚、咕咚、咕咚"地作响。当我回过神儿时，不知何时丈夫的胸口也和我一样发出"咕咚、咕咚、咕咚"的鼓动声，大口大口地呼出燥热的气息，两人的呼吸和心跳一起敲响着时间，越来越强烈，我们的心脏是不是要同时爆裂了？就在这么想的一瞬间，突然丈夫的双臂紧紧地搂住了我。下一瞬间，他那大口大口的气息更加贴近了，滚烫的嘴唇碰触到我的耳根，说道："你，终于给我回来了。"我刚一听到这句话，不知怎么搞的眼泪突然涌了出来，"太气人了！"我身体颤抖着、哭泣着，这次是我紧紧抱住了丈夫，"气人！气人！气人！"我想要挠破他似的摇晃着他的身体。"怎么回事？为什么这么气愤呀？"丈夫极其温和地问道，"啊？什么事这么气，你说说看，光哭，我也搞不懂，嗯？怎么回事？"他说着用手给我擦眼泪、安慰我、用好话哄劝我，这让我更加伤心了。唉，还是自己的丈夫好啊，我是遭报应了，算了吧算了吧，对那个人死了心吧，这一生就只依靠这个男人的爱吧——后悔的念头一个劲儿地冒出来，"今晚的事我都说出来，你一定要原谅我啊。"

终于，我把至今发生的事一五一十全都向丈夫倾吐了出来。

十二

　　我决定要彻底洗心革面。第二天早上，我竟然比丈夫早起了两个小时，在厨房里准备好早餐，又为丈夫准备好西装。这些事以往总是丢给女佣去做的，今天自己却拼命地抢先去做。

　　"喂，今天你不去学校吗？"丈夫临出门时，站在镜子前一边打领带一边问我。

　　"我不想再去学校了。"我从身后帮他穿上上衣，然后就地坐在榻榻米上，把他脱下来的衣服叠好。

　　"何必呢，去上学也没什么嘛。"

　　"就是去了那种学校又能怎么样呢？……我也不喜欢见到不想见的人……"

　　"哦，是吗？那不去就不去吧。"

　　丈夫带着感谢的眼神说了这话，但似乎又觉得有点儿遗憾，带着同情的神情说：

　　"倒也是，也不必吊在一棵树上。如果想学绘画，去家研究所什么的，你看怎么样？我还是觉得每天早上我俩一起出门比较好啊。"

我回答："我哪儿也不想去了，反正不管去哪儿也学不出像样的结果。"

——我自己打算，从那天起要做一名称职的家庭主妇，一整天我都在家里拼命地干活。看到曾经那么任性妄为的我，简直像脱胎换骨一样重新做人，丈夫心里不知有多高兴呢。说来，先前我们夫妻关系要好，经常一起去大阪，现在的生活，我觉得又重新恢复到那个时候的样子了。我想尽可能多地跟在丈夫身边，黏着他，因为一旦他离开，我就会冒出邪念和妄想，只有看到丈夫的面容，我才能够忘记那个人。我本想跟着丈夫一起出门，可是，不对，不是这样的，万一在路上遇到那个人呢？……要是遇上了肯定不搭理她，可是我该怎么办呢？想必是脸色发青、身体颤抖着，脚步也迈不动了，也许会昏倒在家门口。这么一想，我就很害怕出门，别说去大阪了，就连去坐电车的那段路，只是看到别人的身影都惊吓得似乎受到了袭击一般，慌忙奔逃回到家里，我按捺住怦怦乱跳的胸口，不行、不行，哪怕迈出家门一步都不行。有一段时间，我就当自己死了一样退缩在家里，我对自己说："洗洗涮涮、抹桌子扫地，一切家务活都竭尽全力去做吧！把收在柜子抽屉里的信件等物都烧了吧，不过，最先要做的是把那张观音画像处理掉。"这是我差不多每天都耿耿于怀的事，我每天都想着：今天就烧、今天就烧，可是，每次走到柜子跟前，想到拿到那些信纸的画面，就没有勇气打开抽屉了。一整天就这样过去了，直到傍晚丈夫回来了，我才觉得"真是太好了！"，心头的重担一下子就放下来了。

"我最近从早到晚，心里满满地装的全是你，其他什么事都不去想了，你也一定要这样想我啊。"我紧紧地环着丈夫的脖颈，又说，"你要一直一直疼我、爱我，不要让我心里有一丝一毫的空隙，好不好？"如今我唯一的依靠就是丈夫的爱情。"你要更爱我、更疼我……"我说的尽是这种话。有时在晚上，我疯了似的亢奋地嚷着，"你爱我爱得还不够！"

丈夫为了平息我的情绪就说："你呀从一个极端到了另一个极端。"

可是，这次他却对我极度热望的表达有些不知所措。

如果那时那个人突然来访的话，无论情愿与否都会陷入不得不说话的窘境，这是最担心出现的境况了。再怎么说人家脸皮厚，毕竟两人曾经走得那么近，而且自从那件事之后，人家再也没来跟我说什么。我在内心里向神佛祈祷，感谢命运最终成为这样的结果。说真的，如果没有发生那晚的事情，就不可能像现在这样干干净净地彻底结束，这也是天意吧，懊恼气愤也好，痛苦悲伤也罢，一切都结束了，把这一切都当作一场梦忘了吧。渐渐地我的心情平定了下来。

大概是在那件事过去了半个月之后的六月下旬，去年夏天梅雨季节干旱无雨，每天烈日当头，所以经常可以看到我家前面那片海滩上有一些前来游泳的人。丈夫虽然平时闲得无事可做，可是却在那段时间难得地接手了一件官司。他跟我说，再稍微过段时间，他的工作就可以脱手了，然后可以找个地方一起去避暑。

可是有一天，我正在厨房制作樱桃果冻，女佣传话说："夫人，有您电话，是大阪 SK 医院打来的。"

我似乎有种预感，觉得有些奇怪，就说："你再问一下是谁住院了。"

回答说："不是谁住院，是医院直接打来的，说有话想跟夫人说，像是一个男人的声音。"

"哦？好奇怪啊。"说着我就去接电话，从那时起，我心里莫名地感到惴惴不安，拿电话的手抖得非常厉害。

"您是夫人吗？"对方再三再四地叮问，之后突然放低了声音，问了一件很奇怪的事情，说，"对不起，非常冒昧地突然给您打电话，不过，您是否曾经借给中川夫人一本英文的避孕手册？"

"是的，那本书我的确借人了，可是我根本不认识那位中川夫人，我想大概是别人又转借给她的吧。"我这么一说，对方在电话那头附和道：

"对，对，您借给的人是德光光子小姐吧？"

虽然我早有预感会提到那个名字，但听到的一瞬间，我的整个身体还是像过了电一样感到麻酥酥的。说起那本书的话，大约是在一个月之前，我借给光子的，因为说起了光子的朋友，一位姓中川的夫人不愿意生孩子的事，光子就问我：

“阿姐，你一定是采用了什么好方法吧？”

“跟你说实话吧，我有一本好书哦，是美国出版的，你看一看就知道了，这本书里介绍了很多方法。”

那时我把书借给她之后，就忘到脑后去了。然而，医院那里却说因为这本书引起了严重后果，相当麻烦。对方表示在电话里不能说得更多了。关于这件事，中间人德光小姐也有诸多担心，她觉得无论如何都要跟夫人再见一面，必须私下里商量一下。听说这些日子以来，小姐给您寄去了好几封信，却不见回音，她非常着急。但现在这种情况，请您务必与德光小姐见一面。医院方面直接询问您不太方便。在医院表面上不参与的情况下，您和德光小姐见面最为妥当。如果您不见小姐的话，那么有关此事，夫人那里出现任何麻烦，医院概不负责。

听了这话我半信半疑，觉得这又是光子和绵贯谋划的诡计，是不是又要骗人。可是，当时一些堕胎事件确实闹得沸沸扬扬的，报纸上经常有报道，什么什么博士被抓啦，哪家哪家医院被处理啦，等等。就像我前面说的那样，那本书里介绍了很多方法，有依靠药剂的，有通过器具的，甚至还有触犯法律的方法。我猜测那位中川夫人是不是操作失误，引起了严重的问题，自己这个非专业人士已无法收拾了，便被抬进了医院。

我曾经吩咐过家里的女佣，如有光子寄来的信件，绝对不要拿给我看，全部给我烧掉，所以发生这种事情我至今全然不知。医院方面催得很紧，告诉我必须在今天就和光子见面。我打电话跟丈夫商量，丈夫也说："既然发生了这种事情，还是得见面的吧。"

于是，我最终答应，由医院通知光子小姐，让她来见我。

十三

那通电话是在两点左右打来的，之后刚过了三十分钟的光景，光子就来了。这又让我意外了，不管医院方面有多紧急，光子每次出门都要花上一两个小时来梳妆打扮，所以我推想，怎么着也得傍晚或晚上才来吧，没想到竟然这么快就来了。门铃叮咚叮咚地响起来，之后传来了脚步声，是脚穿草屐踏上房门口台阶水泥地的声音……从家门口到里间完全是畅通的，一阵令人怀念的香气随着从前门刮进来的风，一起穿过走廊飘了进来。偏巧丈夫还没回来，我起身立在那里，惊慌失措地就地打转，像是要找寻一条逃路似的。这时，出去传话接应的女佣吧嗒吧嗒地跑进来，叫着"夫人！夫人！"，脸色都变了，我说：

"知道了，知道了，是光子吧。"说着我自己就要往门口去。

"哎，等等，等等……"我也不知道在招呼谁，吩咐说，"那个……叫她稍等一会儿，带她去楼下八铺席的房间吧。"

然后我就上了二楼，在卧室的床上躺了一下，等到心跳平静下来后，才起来站稳。为了掩盖面色，我把胭脂搽得稍浓一些，喝了一杯白葡萄酒，下定决心走下楼去。

隔帘里面隐约透出身着华丽衣装的身姿，她坐在那里用手帕抹拭汗水，我一看到这些，心里又开始扑通扑通地跳起来。光子也在隔着帘子朝外看，像是在等着我过来，然后她笑容可掬地打了一声招呼又接着说：

"那晚之后，我跟阿姐有段时间没见面了，虽然觉得很对不住你，可是之后又发生了很多事情……而且我也不知道阿姐对那晚的事会怎么想，我觉得阿姐一定很生气，最终还是不好意思来登门了……"

她一边说着这番话，一边小心翼翼地看着我的脸色，仍然用过去十分亲昵的语气说话，她盯着我的眼睛问道：

"喂，阿姐，你现在还在生气吗？"

我硬是坚持郑重其事地称呼她为"德光小姐"，然后说：

"我今天不是为了说这些话才和您见面的。"

"是的，可是如果阿姐对那件事不表示宽恕的话，我是不好开口的呀。"

"不必了，用不着那样。因为中川夫人的事情，我接到医院的请求，在征得丈夫同意的情况下，我只听取有关这件事情的处置。所以，除此以外，其他的事情，请您免开尊口。还有，上次的事情都是因为我自己蠢笨，我无意怨怼别人，但事到如今，也请您不要再叫我'阿姐'什么的。否则，我在这里待不下去的。"

听到我这番话，果然这下她泄了气似的低下了头，把手上的手帕揉搓成一条绳，一圈一圈地缠在手指上，风情娇柔地显出一副含泪的样子来，不再作声了。我开口道：

"您来不是专为说这些乱七八糟的事吧？赶紧进入正题吧。"

"我，阿姐要是这么对我……"光子还是叫着"阿姐""……想说的话堵在心里，一句都说不出来，可是说实话，刚才那通电话……那个电话，其实并不是中川夫人……"

"嗯？那是谁呢？"

那时光子挤眉弄眼，脸上绽出一丝诡异的窃笑。只听她说："那是我啊。"

"那么说，住院的人是你喽？"

唉，这个人呀……脸皮到底有多厚啊！自己怀上了绵贯的孽种，弄得无法收拾了，又来利用我，这简直了！已经把人害得苦不堪言了，难道还不够吗？——我一直强压着怒气，不让全身发起抖来，竭力佯装镇静地听她说话。

"嗯，是啊。"她点着头，又说，"我是要求住院了，可是他们说不能让我住院。"

这跟她之前的话显然是前后矛盾的。接着又一点一点地道出了事情的原委。她看了我借给她的那本英文书，试了好几种方法，可是哪种方法都不灵，拖拖拉拉地眼看着就要显形被人看出来了，这下慌神儿了。幸好在道修街有一位绵贯的熟人，是药店的掌柜，他们按照那本书上给的处方，抓了药来喝。当然，他们并没有向掌柜说明情况，只是买来了需要的药品，自己估摸着比例服用了。不知是弄错了还是怎么了，昨晚突然肚子疼起来，在找医生的过程中大量出血。这才跟医生交代了实情。她和小梅两人请求医生千万不要告诉家人，虽然是家中常常请用的医生，听完她们的话之后，却一味地在那里叹气，并说："不好办啊，这种事，我也处理不了，必须得做手术才行，你们还是找专门的医院，去个放心的地方商量商量。我只能暂时做一下应急处理。"说完这些，医生就委婉地告辞了。

他们又考虑，如果去 SK 医院的话，因为光子认识院长，那里总会给想办法处理一下的吧，于是今天早上便去诊疗。那家医院也说了同样一番话，没有答应他们的请求。听说这家医院的院长，在建造现在这家医院的时候，从德光小姐的父亲那里接受了资金。当光子和小梅合掌央求时，院长却对她们说：

"不好办啊，这事很难办啊！要在以前的话，这种情况哪家医院的医生都会接手的。可是大家都知道，近来社会上吵吵嚷嚷的，一旦不小心出了事，不光是我一个人，也难免会坏了府上的名声，那样的话，我就太对不起令尊了。再说了，你们为什么一直拖到现在呢？早些时候来处理的话，哪怕只提前一个月来，我还能为你们想点办法。"

就在说话期间，光子时不时地还在肚痛出血，如果她在这里有个三长两短的话，医院就会惹上嫌疑，可也不能因为这个就见死不救。于是院长说：

"请你们实话相告，你们到底向谁讨教的，都喝了哪些药？说出来我们会尽力保守秘密的。但是万一出了问题，只要那人能够出来作证，我这边就给你做手术。"

听到院长如此说，他们就把我借书给她的事说出来了。

我一直都是按照那本书上的方法操作的，总能见效，所以光子就觉得自己也能成功，这话她也都说了。然后院长思忖片刻，他说，这种事情，比起医生，反而是经验老到的业外人士更能轻而易举地解决掉。西方的女性往往不借助别人的帮忙，自己就处理了。所以院长又说，要是我比较熟练的话，干脆让我来处理就挺好。总之，意思是即便事情搞得麻烦大了，如果我愿意承担责任的话，院长就给做手术，如果不愿意，那么把书借给别人就是祸端，我总该负点什么责任吧？我和医生不一样，不用担心被人知道，而且就算被人知道了，也不会是个了不得的大问题。——光子告诉我，院长就是这么说的。她又说：

"阿姐呀，我并不是想让阿姐来承担这件事，可是这样一直疼下去的话，我受不了啊，而且医生还告诉我，这样下去也有可能发展成可怕的病症呢。所以我才想，要是阿姐答应为我承担责任的话，我就可以做上手术了……"

"那么你们所说的'负责任'，想要我怎么做呢？"我问。

她说需要我去医院，找个第三者一起在场，在院长面前立约，或是写下一纸文书，以防将来有变。

我想，这种事可不能稀里糊涂地去做，而且光子所说的事，有多少是真的呢？光子说她昨晚出了血，可是并没有显出病人憔悴的样子，还外出走动，这就够奇怪的了。还有刚才的电话，她说是在医院里拜托医务室的人打来的，可是，医院的人不可能会冒用中川夫人的名字，似乎又有什么事由不能随便乱说。我正在琢磨这些情况的时候，只听"啊，疼啊……又疼起来了"，光子按着肚子开始叫唤。

十四

"你怎么了？"只见光子脸色变得苍白，她说：

"阿姐，阿姐，快带我去洗手间。"

不管是什么情况，我也很着慌，光子疼得在榻榻米上打滚，我把她扶起来去卫生间，她靠在我的肩头喘着粗气，举步维艰。我站在洗手间门外问道：

"怎么样了？怎么样了？"

只听到呻吟的声音越来越痛苦了。

"啊！好难受，阿姐！阿姐！"

她在里面喊叫着，我不顾一切地冲了进去。

"挺住啊！你要挺住！"我抚摸着她的肩头问：

"有什么东西掉下来吗？"

光子没回答，只是摇了摇头，气息微弱得似乎就要断掉了。

"我，要死了，就要死掉了……救救我。"然后"阿姐！"一声大叫，她的双手紧紧地抓住了我的手腕。

"你怎么可能因为这点事就死掉呢？阿光，阿光！"

尽管我这样给她鼓劲，她却像看不见东西了似的，抬起了蒙眬的眼睛，说：

"阿姐，请你原谅我吧。我的夙愿就是能像这样死在阿姐的身旁……"

我觉得她有点开始说胡话了，而且她握着我的双手渐渐冰凉起来。我说"给你叫医生来吧"，可她却说："不能叫，会给阿姐带来麻烦的，就让我这样死掉吧。"

……再怎么说，我都不能这么撒手不管。我叫来女佣帮忙，把她抬到了二楼卧室。毕竟事发突然，来不及在别处铺展被褥，虽说我想过让她躺进卧室会不会不太好，可楼下客厅里都是夏天的摆设，目之所及一览无余，不得已我们就把她抬到楼上了。好容易让她在卧室里躺下后，我想立刻去给丈夫和小梅打电话，衣袖却被她一把抓住了，"阿姐，你哪儿都不能去。"她紧紧地攥住我，丝毫也不放松。就在这番折腾的过程中，她的状况似乎有了几分好转，不再像刚才那样痛苦了，照这种情形看，刚才没叫医生来就对了。我感到庆幸，此刻，真的让我松了口气。

因为看样子无法离开她的身边，我就对女佣们说："洗手间脏了，马上去打扫一下。"让她们到楼下去了。

我想是否让光子服用点什么药，她直摇头说"不要，不要"，并且说：

"阿姐，帮我把腰带松一下。"

于是我帮她松了腰带，还帮她把沾上血迹的布袜脱了下来，又拿来酒精和脱脂棉，帮她把手脚都擦干净了。可是在此期间，她再次发作，"好难受，难受！水，我要水……"一边叫喊着一边乱抓，床单、枕头，手上抓到什么算什么，身体弯曲得像一条大虾，痛苦得拼命挣扎。

我端来了一杯水，她挣扎得很厉害，我强行按住她，把水喂给她，这下她咕嘟咕嘟喝下去了，似乎喝得很香，可是喝完立刻又叫了起来："难受，好难受！"并且说：

"阿姐，求求你了，你骑到我背上，使劲儿帮我往下按。"

她还让我帮她揉揉这里、摸摸那里的，我都一一照她的要求，又是搓又是揉的。刚觉得她似乎好点了，立刻又听到她"难受，很痛"的叫声，怎么也好不了。在片刻的轻松间，她似乎自言自语地说：

"唉，我遭受这么大的痛苦，都是阿姐给的惩罚吧……我这么死掉的话，阿姐是不是就能宽恕我了。"说着泪水潸然而下。

之后又开始疼起来，而且这次比刚才更厉害了，疼得直打滚。她说好像有什么血块儿一样的东西出来了，可是每当她不停地说"出来了，出来了"时，我去查看一下，都没有任何迹象，什么都没出来。我说：

"你是心理作用吧？什么都没有呀。"

"不出来的话，我就没命了。阿姐，你是不是希望我死掉啊？"

"你这是怎么说的？"

"你看呀，要是阿姐不忍心继续看我受这种地狱般的痛苦，就快点让我解脱出来啊，可是……阿姐明明比医生还要懂行的嘛，阿姐来处理的话……"

她这么一说，我倒是想起来，曾经跟她说过一句，"只要有一个小小的工具，都不算什么问题"。不过，从她刚才叫嚷着"出来了，出来了"的那一刻起，我已经明白了，今天的事情全都在演戏……其实在她喊叫之前，我已经慢慢感觉到了，我故意要上当受骗。光子也识破了我装出受骗上当的样子，也一直厚着脸皮表演下去。于是接下来，我们就是互相自欺欺人了……

这种事，老师您是非常能理解的吧。结果，我眼睁睁地看着自己掉进了光子所设的圈套中……哦，您想问一下那个红色的血迹是用什么弄的？我直到现在也时常感到奇怪呢，大概是演戏的时候用的像血浆那样的东西，她事先藏好了的……

"阿姐，那么前阵子发生的那件事，你一点都不生气了，是吗？你一定会原谅我的，对吧？"

"你要是再次欺骗我的话，我就杀了你！"

"你要是对我做了那种薄情寡义的事，我也绝对要你的命！"

也就一个来小时的工夫，我们重新和好，完全恢复了以前的亲昵无间。事态变成这样，我突然害怕丈夫下班回家来怎么办。一旦重新言归于好，那种思恋比以前更加倍增，哪怕一时半会儿，我们也不愿意分离。可是眼下、往后，我俩怎么样才能天天见面呢？我说：

"哎呀，怎么办呢？阿光明天你还能来吗？"

"我来你家不要紧吗？"

"要不要紧，这种事我也说不好。"

"那么，我们一起去大阪，行不行？明天阿姐方便的时候，我给你打电话。"

"我也会打给你。"

我俩说着说着，很快就到了傍晚，她说：

"今天我这就回去了，姐夫要回来了……"

说着她就要整理装束，我便极力挽留她，不停地央求说：

"再待一会儿吧，再待一会儿吧。"

"唉，真是个疯丫头啊，可别说这么不懂事的话，明天我一定给你消息，你就乖乖地等着吧。"现在反而是她来规劝我了。五点左右光子回去了。

那段时间，丈夫大概都在六点左右回家。那天，我想他会不会因为担心我和光子见面的事，提前回来呢。但看样子前一阵接手的那个官司还没办妥，光子离开后，过了一小时的光景，丈夫还没回来。趁着这段时间，我收拾了房间，把卧室里的床铺重新整理好，捡起光子掉在地上的布袜——光子回去时脚上穿着我的布袜。——我看着布袜上面沾上的斑迹，又恍如陷入了一种梦境，愣在了那里。我该怎么向丈夫解释呢？光子进到卧室里的事，要不要告诉他呢？我怎么说才能方便今后两人的见面呢？……我正在考虑这些事情的时候，突然楼下传来通报，"先生回来了"，我把布袜赶紧收进衣柜的抽屉里，就下楼去了。

"怎么样了，刚才电话里的事？"刚一照面丈夫就问起那件事的情况。

"真是让我为难死了。你怎么不早点儿回来啊？"

"我是想早回来的，可是不巧，工作没处理完。所以……事情到底办得怎么样了？"

"说来说去，就是要让我立刻去医院，我也不知道该不该去，总之我说让他们好歹等到明天吧……"

"那么，光子走了吗？"

"她说，明天请务必一起去，说完就回去了。"

"你不该把那本书借给她，是不是？"

"她答应过不转给别人看，我才借给她的。唉，我真是惹了大麻烦。反正不管怎么样，明天先去看望一下吧，那位中川夫人，也不是完全不认识……"我说了这番话，别的都丢开不管，赶紧备好了明天的借口。

十五

那晚我期盼着天亮，八点丈夫出了门后，我飞也似的奔向电话机。

"阿姐，你好早啊，已经起床了？"

电话那边传来的还是昨天听到的声音，可是和见面时听到的，又是另一种不同的眷恋之声，令人心跳不已。

"阿光还睡着呢？"我问。

"你的电话把我叫醒了呀。"

"我已经随时可以出门了，你也能立刻出门吗？"

"那我得赶紧准备了，九点半你能赶到梅田的阪急电车那里吗？"

"九点半，那一言为定喽？"

"当然说定啦。"

"今天一整天阿光都有空吧？咱们回来的时间晚一点不要紧吧？"

"当然没关系啦。"

"既然要去，我也是准备好要晚回的。"

于是，我按照约好的时间，正好赶到了那里，可是左等右等，怎么也等不到光子。我猜想是不是又像平时那样在化妆啊？是不是她又在骗我啊？我想去打公用电话，又担心去打电话的时间里她来了怎么办，因此又放弃了打电话的想法，自己一个人焦急无奈。过了十点，她终于来了。

"阿姐，让你久等了吧？我们去哪儿？"她气喘吁吁地从检票口那里跑了过来。

"阿光知道哪儿有好地方？——安静的、没人打扰的地方，希望我们可以在那里悠闲地待上一天。"

"那我们就去奈良，好不好？"

对呀，对呀，奈良是我俩第一次友好相伴去开心游玩的地方啊！那座若草山留下了许多回忆，那个傍晚的景色……我怎么会忘了有过纪念意义的那个地方呢？

"你真是想到个好地方啊，我们再去爬若草山吧。"就别提我当时的高兴劲儿了……说着说着我已是两眼含泪了，我一激动就会热泪盈眶，我催促着说：

"快去，我们马上就去！"

我俩在大阪出租车公司导游的指引下坐上了出租车，一路上我欢快得就要飞起来了。光子说：

"昨晚我左思右想，考虑咱们去哪儿呢？我觉得奈良是最好的地方了。"

"我昨晚几乎一夜都没合眼，不知道究竟在想些什么。"

"我走了之后，姐夫立刻回家了吗？"

"大约一小时之后回来的。"

"姐夫怎么说的？"

"别再问这些事了好吧，今天一整天我想忘掉家里的事。"

我们到了奈良，立刻从大阪电力轨道的终点站坐上公共汽车，一直到若草山的脚下。天气和上次不同，是个有着淡淡阴云的暑日。我们大汗淋漓地爬到山顶，然后在山上的一家茶屋休息。这时想起了上次光子抛橘子玩乐的事，正好有卖酸橙的，我们就去买了来，我俩一起叽里咕噜地往山下抛着玩儿，山下的小鹿被惊吓得逃走了。

"阿光，你肚子饿了吗？"

"饿是饿了，不过还想在这里多待一会儿。"

"我也很想一直待在山上，咱们先吃点儿点心什么的，忍耐一下吧。"

我们就吃了点饭浆①代替午饭，从大佛殿的屋顶向生驹山的方向望去。

"阿姐，上次我们去采挖了很多蕨菜和笔头菜，对吧？现在去后面那座山上，就没什么东西了吧。"

"是啊，这会儿就是去了那座山上，也没什么可看的。"

"但是，我还是想去之前我们去过的地方看看。"

然后我们朝山谷下面走去，山谷一直伸向后面那座山。即

---

① 即饭米汤，在做米饭时多加一些水煮出来的汤。

使在春天，那一带也是很少有人去的地方，夏天就显得更加冷清了。满眼都是树木和野草，长得茂盛繁多，这种地方让人感到害怕。如果是一个人，轻易不会来到这里，可是我俩却觉得，谁也看不到我们的地方比较好，旺盛的草木下面就是我们找到的隐秘之处，除了天空中的云朵，无人可知。

"阿光……"

"阿姐……"

"我们要永远永远、一辈子都好下去啊！"

"我想和阿姐一起死在这里。"

我俩你一句我一句地说着，之后我们不再作声了。不知在那里待了多久，我们忘记了时间、忘记了这个世界、忘记了一切的一切，我的世界里永远只有可爱的光子这一个人。

……在这期间，天空完全阴下来了，凉凉的东西"啪嗒"落到脸上。光子说：

"下雨了。"

"这雨真讨厌，下得多恼人呀。"

"淋湿了也不好办。趁着雨还没下大，咱们赶紧下山吧。"

我俩急急忙忙下了山，雨滴只不过吧嗒吧嗒下了一阵而已，很快就停了。

"就下这么点雨的话，还不如在山上多待一会儿了。"

"对啊，真是一场捣蛋的雨啊。"

到了山下，我俩突然都感到饿了，我说：

"正好是下午茶的时间了，我们去宾馆吃点三明治吧。"

光子说："我知道有个好地方。"

我们就去了紧邻着大阪轨道的一家新的温泉旅馆——那里我以前没去过，可是光子说那里有和宝塚一样的家庭温泉什么的。看来光子似乎经常出入那里，女招待的名字、内部的厨房等，她都一清二楚。

那天我们玩了一整天，回到大阪大概是八点左右，但我们还是不愿分别，哪怕走到天涯海角，也想一直黏在一起。我就和她一起坐上了阪急电车，一路送她到了芦屋川，可我还是说：

"哎呀，我还想再去奈良。阿光，明天你能出来吗？"

"明天咱们选个近一点的地方，好不好？宝塚怎么样？有段时间没去了。"

"那咱们一言为定！"

约好后我俩分别，我回到家里已经快十点了。

"你回来这么晚，我刚给医院打了电话。"丈夫说。

我心里一惊，但急中生智，就说：

"打了电话也弄不清怎么回事吧？"

"嗯，那边说没有一个叫中川的人住院，所以我想是不是出于什么原因而隐瞒了……"

"情况是这样的，我去了一看，并不是中川夫人住院，而是光子她自己的事。难怪昨天她来的时候，我就觉得她的样子有点奇怪，可是如果她说是自己的事，她害怕我不会答应见她，所以就借用了中川的名字。"

"那么，光子住院了吗？"

"并没有住院。我也不知道这种情况，以为是和她一起去看望病人，我按照昨天约好的到了她那里，她说'哎呀，您来了，先进屋吧'，进屋是进屋了，可是，总也不见她有出门的意思，我就说'咱们快去吧'，然后她才说'其实找您来，我是有事相求的，昨天也是想说这件事，去了您那里，可是……'，接着说——'最近我总觉得身体状况有些异样，也不知道是不是怀孕了，就想趁着这事还没个定论时想点办法，于是就看了看那本书，可是我又不懂英文，害怕万一弄坏了怎么办'。"丈夫说："什么？这个人真是不可救药了，这点事何必扯出昨天那种谎话呢？太不像话了！""她说：'我被搞怕了，太害怕了，我也知道这是在骗人。'光子说完，小梅也出来道歉认错说：'我们实在没有别的办法了，才扯出了那些谎话，请您不要生气……'"丈夫又说："就算是这样，总有其他的理由可以说吧，那种做法也太糟糕了！"

我跟着丈夫说："是啊，是啊，她说得没错，不过，昨天的电话里也是个男人的声音，肯定是那个叫绵贯的男人，是他在暗地里指使的吧。说一千道一万，如果是光子自己，不可能会扯出那么复杂的假话来。我生气地对她说：'我不是来听你恳求我的，就此告辞了。'说完我就准备回来了，光子又说：'请别这么说，请您帮帮我'，说着过来扯住我的两只衣袖，哭着跟我说：'这种事要保密，要是被父母知道了，我和绵贯想在一起的打算就全落空了，那样我也没法活了。'而且小梅也双手合掌过来恳求说:'求求您行行好,请您就当是救小姐一命,替她想想吧。'这么一来,我也不知道该怎么办才好,真是一筹莫展了。"

丈夫说:"那你是怎么办的?"

"即便这样,我也不能随便就教她怎么处理。我说:'我根本不知道那种事的处理方法,虽说把那本书借给你是我不对,可我怎么可能去替你干这么可怕的事情呢?你们最好还是请一个认识的医生来吧。'但就在说话间,光子突然痛苦起来,结果好一阵折腾……"

就这样,我随说随编地虚构出了各种情节,把昨天发生的事很巧妙地交织在一起——昨晚光子好像是按照那本书上的处方偷偷吃了药,药性正好在那个时候起作用了,越疼越厉害。

再接下来,我就把昨天的情景详细地说了一遍。到了这一步,我觉得自己也有责任,想回来也走不了,所以就一直陪在她身边,耽搁到了这个时候。这事就这么巧妙地搪塞过去了。

十六

"今天我还是要去看望一下光子，说是放手不管，可还是放心不下，骑虎难下了，没办法……"我跟丈夫这么说。

之后的五六天里，我和光子几乎每天都在某个地方见面，但我还在想：

"如果能有个地方，谁都找不到我们，我俩每天可以两三个小时待在一起，那样就好了。"

光子说："那样的话，大阪的市中心就可以呀……比起那种安静的地方，市里嘈杂的地方反而不会引人注意……上次让阿姐送来衣服的那家旅馆怎么样？去那儿的话，周围环境也很熟悉，可以放心玩乐……要不要去那里呢？"

提到笠屋街的那家旅馆，对我来说是难以忘却的伤心之地，这简直就是对我的感情和一切加以践踏的提议，可是她这样提出来了，我却回答说：

"嗯，是啊，虽然觉得拉不下脸面，但是去那里也行吧。"

我连气都生不起来了，就没羞没臊地跟着她去了。我已经完全被她拿捏住了。而且虽说拉不下脸面，也只是头天去的时候而已，混熟了后，那里的女招待们也都心照不宣了，如果回去晚了，还会给家里打个电话替我遮掩……就这样，后来我俩分头出门前往，有时也从店里打电话叫对方出来，有时碰到急事，就由小梅通知一下……唉，这样倒也没什么，可是在光子的家里，不光是小梅，还有她母亲以及其他女佣，似乎大家都知道那家旅馆的电话号码，有时也会有电话打来店里找我或打给光子，所以，我觉得光子一定是用了什么方法，极为妥善地诓骗了家里。

有一天我自己先去了店里，正在等候时，听到电话旁女招待的声音：

"嗯，是的……嗯，不是，那个，刚才我们就等着了，可是还没来呢……是，好的，我先那样转告……哪里，不客气……夫人去府上时，总是承蒙关照……"

也不知说的什么，我感到很奇怪就问了一句：

"刚才的电话是不是德光小姐那里打来的？"

"是的。"女招待回答时还哧哧发笑。我又问：

"你刚才说'夫人去府上时'是吧？那到底说的是谁的事啊？"

她还是哧哧地笑，"夫人您不知道吗？我是在说您和我这个'女佣'啊。"

随后我又仔细问了问，原来刚才她是把这里的旅馆，说成是我们家在大阪的律师事务所了。回头我就问了光子：

"女招待是这么说的，真是这么回事吗？"

她若无其事地说："嗯，是啊。我说阿姐家里的事务所在今桥和南地有两家，就把这里的电话号码告诉家里了。阿姐也这样跟家里说好，怎么样？也可以说成船场商铺的分店，不方便说我家里的话，你随便编个名字就可以了。"

就这样，我一步一步深深地陷入进退两难的境地，可是当我意识到"这样可不行"的时候，已经变得无法自拔了。虽然我明知道自己被光子利用了，光子嘴上"阿姐、阿姐"地叫着，实际上却在愚弄我。

对了，光子也曾说过："比起异性的崇拜来，自己被同性的人崇拜时，最有自豪感。因为男人见了漂亮女人觉得喜欢，那是理所当然的，能让女人感到诱惑，才会感到自己竟然这么漂亮，为此而高兴得要命。"

的确，出于虚荣心，她才有兴趣把我对丈夫的爱抢夺到自己手里，但是，光子她自己的芳心却被绵贯所吸引，这个我也很明白。然而我的心情却是，无论发生什么事，我都不能再次和她分手了，我心里揣着明白却装糊涂，心里不管有多么嫉妒，绝不和光子提到"绵贯"两个字，我就假装不知道他俩的事。这种情况下，光子也看穿了我的弱点，虽然她称我为"阿姐"，我却像个妹妹似的讨好她。

有一天我们像往日一样，还是在那家旅馆见面，她说：

"阿姐，你愿不愿意和绵贯再见一面？虽然不知道阿姐对他有什么印象，可他说，那件事曾经搞得那么糟，总觉得对不住阿姐，所以想一定要见见阿姐。绵贯一点都不是坏人，我想阿姐要是见了他，肯定也会喜欢的……"

"是啊，说的也是呢，既然他那么说了，我也想见见呢。如果是阿光喜欢的人，我也一定能喜欢起来。"

"嗯，一定会的。那么今天就见，可以吗？"

"什么时候都可以啊，不过他在哪儿呢？"

"他就在这家旅馆，刚刚到这儿。那就把他叫过来吧。"

我也差不多猜到是怎么回事儿了，就说：

"请他过来吧。"我的话音刚落，绵贯立刻就进来了。

"哎呀，阿姐啊……"之前他是称呼我"夫人"的，这次却改叫"阿姐"了，见到我，他显出一副羞愧的样子，两腿并拢，毕恭毕敬地说：

"上次实在是太冒犯了……"

那天晚上本来就很晚了，而且由于出了事，他借穿了别人的衣服，而这次是在大白天，他穿着深蓝色的上衣，配着白色的斜纹哔叽短裤，感觉像是变了一个人。年龄有二十七八岁，这次他的脸色比上次还要白皙，依然令人觉得他真是"美男子啊"。但是说实在的，他的面部表情单一，像是画出来的那种美，丝毫没有现代风格。

"这个人很像冈田时彦吧？"光子这么说，可是我觉得他比时彦还更像女人，眼睛细长、眼皮肿胀，眉眼之间有神经质般抽动的毛病，说不清为什么，总觉得挺阴险的。

"阿荣，不用那么拘谨嘛，阿姐一点都不介意的呀。"光子说道，她极力从中调解，可我就是觉得那家伙很讨厌，无法和他融洽相处，绵贯似乎也感觉到了，始终板着一张生硬的脸，没有一丝微笑，规规矩矩地并拢着双腿，只有光子似乎觉得有趣而在发笑。

"怎么了？阿荣，你好奇怪啊，"光子说着，颇有含义地瞟着面有难色的绵贯。又说：

"你那样一副表情对阿姐多不礼貌啊？"她又用手指尖去戳他的脸颊，然后对我说：

"阿姐啊，说真的，他在吃醋呢。"

"你瞎说，别乱说，哪儿有的事，你误会了。"绵贯说。

"我才没瞎说呢，要不我把刚才的事说出来？"光子说。

"刚才我说什么了？"他问。

"你不是说，'我身为男人真是懊恼，我要是像阿姐那样是个女人该多好'？"光子反问他。

"我是说了，可那又不是吃醋。"

他俩就这么你一句我一句地，说不定是为了恭维我，事先商量好了才这么说的。我一言不发，只是陪着他们，觉得他们傻里傻气的，然后绵贯说：

"好了，好了，在阿姐面前就别让我那么出丑了，行不行？"

"那你就高兴点儿，好吗？"光子说。

就这样胡拉乱扯地，一直拖到他俩争风吃醋的吵闹结束，我们三人才去了鹤屋饭店，又去松竹座看了电影，但是，三个人打内心里都感到别扭。

十七

哦，对了，前面我忘记说了，我把笠屋街那家旅馆的电话号码告诉了家里，说是光子父亲姨太太的家。这么说也确实很滑稽，虽然光子说过"就说是船场分店的电话，怎么样？"但我觉得一直去那里会显得很奇怪。我也想过干脆就说光子住院了，可是如果住院了，总也不出院也是不妥的，而且，如果丈夫从事务所回家途中来接我的话，立刻就暴露了。究竟说成哪里好呢，就这么纠结着左右为难时，小梅说，"您看这样说好不好？"她想到了一个点子。不过，这要说光子怀孕了才行。就说她因为身体状况不好，吃了药也不见效，医生也不给做手术，这么着肚子也越来越大了，最后只好向母亲坦白了。于是母亲就把光子安排到父亲的姨太太家去了，一直待到她生下孩子来。要说这位姨太太的家呢，就是笠屋街那家叫做"井筒"的旅馆。把电话号码和真名实姓告诉家里，就算他去翻看电话号码簿也不会有差错，他要是来接夫人，也不会露出破绽。

"这么说，以后我去阿姐那里玩的时候，肚子里得揣上棉花什么的，装成大肚子才能去啊。"光子说着大笑了起来。

这个方法不容易被识破，于是我们就这么做了。

"是吗，光子肚子挺起来了？"丈夫完全信以为真了，甚至脸上一副怜悯的表情。

"可是，你不是跟我说过的吗？这种缺德之事不能去帮忙啊。所以，不管她怎么央求，我都没告诉她怎么去操作。这样一来，家里人让她深居家中，一直到孩子出生。她一步也不能外出，就像被关禁闭一样，简直寂寞无聊得要命，她对我说'每天都来陪我聊聊啊'，你说我该怎么办呢？——她一定在恨我了吧，不过，不管她的话，我又感到于心不忍。"

"那倒也是，可是再和她扯上关系的话，麻烦就大了。"

"嗯，是啊，我也是这么想的。不过也许正是这次让她吃了不少苦头，人也有了很大变化。而且她说既已如此，无论怎样都只能选择和绵贯在一起了，她的情绪还算稳定，最终家里似乎也同意他们的婚事了。反正现在是没人去探望她，所以她说'现在只有阿姐是我的依靠了'，让人觉得她真是自作自受，可又觉得她好可怜。前两天她还说：'阿姐，等我生了孩子，阿姐就不会被姐夫误会了吧？那时我和绵贯一起去到姐夫面前道歉，所以今后我们就像亲姐妹那样来往，好不好？'"听我说到这里，丈夫似乎并没有从内心里完全信服，他说：

"还是尽量小心为好。"说是这么说了，他也大而化之，并不深究。

从那以后，笠屋街那边就明目张胆地往家里打电话找我，我也可以很自然地把电话打过去。有时我俩一直玩到晚饭时间，直到丈夫打来电话催促说："差不多该回来了吧。"——就这样，我觉得小梅真是替我们想到个妙招。

我再接着说回刚才绵贯的事，光子煞费苦心地把我们拉到一起，但我们彼此却在相互试探着，丝毫也不放松戒备之心，自从那天见过一面后，谁也没有主动提出"咱们见一面吧"，光子似乎也放弃了让我们和好的努力。

大概在那次三人同去松竹座后，过了半个月吧。一天，我们一直玩到傍晚五点半左右，光子说：

"阿姐，你先回去好吧？我有点事。"

她说话的语气像是要赶我走似的，她经常这样，所以我也不介意，就说：

"那我先走了。"说完我就离开了旅馆，走出胡同，这时听到身后有人在小声地叫着"阿姐"，我回头一看，原来是绵贯。他问道：

"阿姐，您这是要回去吗？"

"嗯，是啊，光子正在等你呢，快去吧。"

我特意用讥讽的语气跟他说。说完，我打算找一辆出租车回去，就顺着那条路朝宗右卫门大街的方向走，绵贯却跟着我，嘴里喊着：

"阿姐，等等……您等等……，其实我有话想跟阿姐说的，要是不碍事的话，能占用您一个来小时，在这附近跟我散个步吗？"

"不管什么话，我听听也不妨，不过，光子刚才就在等你了。"

"没关系，那咱们找个地方，我先打个电话给她。"

我们两人就去了近处的"梅园"，在那里吃了加年糕片的小豆粥，绵贯借用了电话。然后我们沿着太左卫门大桥向北，一边走一边聊。他说：

"我刚才打电话说，突然有点急事，可能要耽搁一小时左右，已经跟光子说好了。不过，我和阿姐见面的事，您能不能替我保密？您能向我保证的话，我才能跟您说。"

"人家让我不要告诉别人的话，无论什么我都会守口如瓶，可是有的时候，只有我自己老老实实地遵守了约定，却中了别人的圈套，被人愚弄……"我这么把话回给了他，然后他说：

"哦，阿姐您是不是觉得光子做的所有的事都是我唆使的，都是我在操纵，对吧？我知道，您这么想有您的理由。"他低下头叹口气，接着又说：

"其实我想说的，也就是这件事。阿姐，您觉得咱们两人，阿光究竟更爱谁呢？阿姐总觉得被我们戏弄了、利用了，然而我也有同样的感觉。我确实感到嫉妒，用光子的话来说，她有了您，正好可以蒙骗家里，所以她说，把您当作工具在利用呢。可是事到如今，她也用不着把阿姐当作工具来利用了吧？有了这样的工具反而会成为累赘吧？光子如果真的爱我的话，尽快和我结婚不就得了？"

我仔细地听着他的每个字、每句话，他的态度看来极其认真，说出来的话，听起来也似乎有些道理。我说：

"可是听说你们不能结婚，是因为她家里反对？她总是跟我说，自己想早点结婚。"

"这个吧，她只是嘴上这么说。家里不同意虽是实情，可是，如果她自己真有诚意，我想总有办法说服父母的吧。何况如今她有孕在身，难道还能嫁给别人吗？"

什么？听他这么一说，光子果真怀孕了吗？我心想，这可真是奇了怪了。我又听他继续说：

"听说光子的父亲大发雷霆，他说：'我们家闺女，非百万富翁不嫁，不能让她嫁给一贫如洗的大穷鬼。生出孩子的话，就找个人家送掉。'还有这种不讲道理的混话吗？孩子最可怜了，这可是人道问题啊！阿姐，您觉得呢？"

"咱们先不说那个，你说光子怀了孩子，这事我还是头一次听说，有什么迹象吗？"我问。

"啊？您是头一次听到？……"绵贯疑虑重重地盯着我的脸，几乎要把人看得穿出个洞来。

"是啊，我是头一次听说，阿光没跟我说过这件事。"

"是吗？——那么光子曾经去阿姐那里请教过避孕的方法吧，这事有吗？"

"这事有过，但是她说怀孕什么的纯属假话，根本就是没影儿的事。她大概是为了靠近我，找了这么个借口吧。不过，我跟家里说光子有了身孕，所以常常要去看望她。"

"啊，是这样啊！"绵贯听我说完，就来了这么一句，不觉间他两眼发红，连嘴唇的颜色都变了。

十八

"阿姐，光子为什么要隐瞒怀孕的事呢？在阿姐面前也要说谎，这可不好吧？阿姐您真的不知道吗？"绵贯一副怀疑的表情，而且还叮问了好几遍。说真的，我没听她说过。

据绵贯说，光子已经怀孕三个月了，也请医生看过了。这么说的话，怪不得她会闹出一出"流血事件"。三个月大小，一般来说还看不出来，而且在那之后，我也听光子亲口说过"自己不可能怀孕"，所以我觉得流血的事无非是耍了个花招而已。可是，如果照绵贯的话来看，光子对我可能还是有些顾虑的吧？

"光子为什么说不可能怀孕呢？是因为照着那本书采取了避孕措施吗？如果不是，难道是因为身体上的原因？"绵贯一个劲儿地追问。

我在光子的面前也是尽量避免谈论绵贯的话题，所以从没详细地问过这些事……不过，前些天光子也开玩笑地说过"以后我去阿姐那里玩的时候，肚子里得揣上棉花什么的，装成大肚子才能去啊"，所以我觉得她并没怀孕。这么说，光子没想真心实意地结婚。如果怀上孩子的事暴露了，就不得不和绵贯在一起了，这是她不愿意的，所以能瞒就尽量地隐瞒。

绵贯说："我认为一定是这样的。"

绵贯认为，光子这个人较异性恋而言更喜欢同性恋，比起绵贯，对我的爱恋更多，光子为此而不想结婚。——如果真的结婚生子，也许我会离开她，所以一天一天地拖着，她在想办法，或者尽快把肚子里的孩子做掉，或者让绵贯讨厌自己，等等。

也许是我自己的偏见？我绝对不相信光子会那么爱我，可是绵贯却说：

"不，她很爱阿姐，一定没错，阿姐是幸福的，唉！与您不同，我多么不幸啊！来到这个世上却带着不幸的命运。"他像念台词似的说得抑扬顿挫，一副快要落泪的表情。

第一次见到他的时候，我就觉得这人有些女人气，现在看他这样说话，更是觉得他的表情和腔调都像女人似的不干脆，絮絮叨叨，黏黏糊糊的，让人讨厌。目光斜视地盯着人看，脸上一副狐疑。难怪了，我就觉得光子也不是那么喜欢他。

还有，那次在笠屋街衣服被偷的时候，绵贯不同意打电话叫我去。既然事已至此，他让光子干脆借来女招待的衣服穿上回家算了，也借机跟家里挑明了说，自己有个私定终身的相好。既然生米煮成熟饭，家里就没办法了，反倒可以快速成婚，如果不能，就下定决心私奔，也没什么可怕的。可是那时光子却要打电话给完全不知情的我。绵贯说："怎么能做出这么厚脸皮的事呢？你就是打了电话，阿姐也肯定不来。"可是光子就是不听他的，并说：

"没有那件和服，今晚就不能回家。"

"那么，干脆现在就私奔，咱们逃走，好不好？"绵贯这么说，光子还是不听从，她说：

"如果私奔的话，以后就没法好好做人了。你看，我把话说得巧妙一些，叫阿姐过来。我要是开口了，阿姐不会不答应的。她就是生点气，我也有办法敷衍过去。"说完她自己就去打电话了。

"可是，那时电话旁边好像还站了一个人，嘀嘀咕咕地在商量着什么。"

我这么一说，他回答道：

"那个人是我，因为担心她，就跟在旁边了。"

我们聊着聊着，不觉间已经走过了三休桥，一直来到了本街附近。我和绵贯竟然异口同声地说"再聊一会儿吧"，于是我们越过了电车轨道，向北滨方向走去。

至今我都只通过光子这个人来想象一切，一旦出点状况，就会觉得是那个男人不好，可是从刚才谈话的情况来看，绵贯说的也不像是假话。至于他的女人气、多疑，都是天生的，还有，是不是光子的态度让他成了那样呢……我自己一直被蒙在鼓里，因而也会对他有些偏见……想来他说的不无道理，所以即便其中多多少少掺杂了一些他自己的猜忌，但总归他是带着诚意来博得我的同情的。当然，他说比起他，光子对我的爱恋更多，这一点我绝对不信，我便安慰他，说：

"这个你说得不对吧，绵贯，是你想多了。"

"哪里哪里，我也希望是自己想多了，可是绝对不是那样的。阿姐，您还是不了解阿光的真面目。"他说。

光子在我面前表现出很爱绵贯的样子，而在绵贯面前又做出很爱我的样子，她一贯如此。但是比较而言，光子更加爱我，要不然就不会在"盗衣事件"之后，差不多已经绝交了，还故意冒充医院的名号约见，对不对？

"那次阿光去找阿姐，她究竟是怎么说的？你们是怎么恢复关系的？我后来才知道，但并不知道详情。"绵贯说。

于是我跟他讲述了那天光子"流血事件"的全过程。

"是吗！是吗！"他一句一个惊叹地说，"我做梦都想不到会搞出那么大动静。她的肚子里有了，这事是真的。不过，我的想法是，如果有了孩子，就生出来好了，我跟她说，不能吃药，也不要采用不自然的方法，可她却擅自跑去找阿姐商量，后来我是发了点火。虽然她背着我吃过药，但又是一番痛苦挣扎啦，又是出了血啦，一定是假的。那种像血一样的东西到底是什么？"

光子想要和我和好，竟然做出了这种事，如果不是爱恋我的话，是做不到的。的确如此，但如果是这样，她又为什么要和绵贯继续交往？如果真的是喜欢我，应该早就放弃绵贯了，对不对？我说这很奇怪。

绵贯解释说："光子她自己再怎么'喜欢'，也不愿意让对方看出来。她总是诱使对方来恋慕她、追求她。因为自己是绝世美人，总是高高在上，如果没人崇拜她，就会感到无聊。她坚信，如果自己主动靠近，就降低了自己的身份，自己的价值也会打折扣。所以，光子挑起您的嫉妒心，为了保有自己的优越地位，也在利用我。"

　　"而且还有一点，如果光子提出分手，她不知道我会干出什么事来，所以她很害怕。事到如今，我俩的关系已经不能轻易说分手了，可是如果她要提出来的话，我会豁出我的名誉和性命，想尽办法实施报复。"绵贯这么说着，用蛇一样的眼睛紧紧地盯着我。

十九

"怎么样，阿姐？再耽搁一会儿，行吗？"

"好啊，可以啊，我是没关系的。"

"那我们再往回走吧。"

于是我们从北滨的大路向南顺着刚才来的路往回走，他说：

"结果，我和阿姐被搞成了对手，肯定是我输了。"

"我不那么想，阿光和我无论彼此爱得多么热烈，都是违背自然的。如果说哪一方会遭到抛弃的话，我是被抛弃的一方。从阿光的家人来说，是会同情你的吧，没人会同情我。"

"可是，我认为阿姐的感情中，那种不自然恰恰是有优势的。您想想看，如果想找异性的恋爱对象，除了我之外，要多少有多少，可是同性的对象呢？没有人可以取代阿姐。所以，我才是随时可以抛弃的，而阿姐是不会被抛弃的。——哦，对了，不光是这个，如果是同性恋的话，不管和什么样的男人结了婚，还可以继续保持关系。无论换几任丈夫，都不会有任何影响，所以阿姐和阿光的感情比夫妻之爱更加牢固不变。"他又说：

"唉，我是多么不幸的男人啊！"仍旧像先前那样重复他的台词。

然后他思考了片刻说：

"阿姐啊，我想问阿姐一句真心话，您希望阿光跟我结婚呢，还是希望她嫁给别的男人？"

"这要让我来说的话，反正光子是要结婚的，当然嫁给你要好得多，因为以前的情况你也都了解。"我这么回答之后，绵贯说：

"那么我和阿姐就没有理由成为情敌了，对不对？往后我们要成为同盟者，不再吃醋和嫉妒，要互相帮助，以免遭遇不测之变。以前正是由于彼此缺乏沟通才会被光子随心所欲地利用了。所以，往后私下里我们要常常见面，保持联系，对不对？不过如此行事，两人必须完全达成谅解，互相承认对方的立场。借用光子的说法就是，同性爱和异性爱性质完全不同，所以不必互相嫉妒。本来嘛，她那么漂亮，绝对不可能只有一个人爱她，即使有五个人、十个人崇拜她也是正常的，而只有我们两个人占有，这也太奢侈了。而且，要说男人就只有我一人，要说女人就只有你，这样一想，世上没有比我们更幸福的了。我们两人这样齐心协力，把这份幸福牢牢掌握在自己手中，永远不要被别人抢走，多好啊！您觉得呢，阿姐？"

"只要你愿意，我也会信守约定。"我答道。

"我原来想，如果阿姐不为我着想的话，我会立刻让事情大白于天下，我得不到，阿姐也别想。不过，现在听您这么表态，我心里的一块石头也落了地。阿光的阿姐，也同样是我的阿姐，我没有姐妹，所以阿姐就是我的亲姐姐，我会珍惜的。也请阿姐把我当成亲弟弟，任何烦心事，您都不必见外，对我坦诚相告，好吗？我这个人，对敌人会不择手段地对付，相反，如果您是我的盟友，哪怕我豁出性命也在所不辞。如果阿姐能让阿光嫁给我，我会把阿姐看得比我们夫妻还重要。"

"你肯定会为我这样做吗？"

"当然肯定啦，我也是个男子汉，一辈子都会记得阿姐的大恩大德。"

最后，我们又走回到"梅园"的前面，然后两下里约定，以后一旦有需要，随时在"梅园"碰头。商定完，两人紧紧握了手就告辞了。

我自己一人在归途中，一路上心里莫名地感到兴奋、喜悦，光子真的那么爱我吗？比起绵贯来，她更爱我吗？唉，这种美事，我不是在做梦吧？——直到昨天我都以为自己被这两人当作玩具在摆弄呢，突然间却形势急转，实在令人狐疑。但是仔细考虑一下绵贯所言，倒也不假，光子如果不喜欢我，就不会搞出那么大的动静了，否则，她好端端地有男朋友，也不必和我交往。我一点一点回忆起当初的情况——由于我描摹模特儿作观音画像的事而引起沸沸扬扬的谣言，那时，光子也许已经从我的举止上觉察到我的心意。在路上擦肩而过时，她心里想"这个人对我有意思呢，我这就来诱惑诱惑她"，光子在我面前的出现，也许是有备而来的。这么说，我俩第一次打招呼，虽然是我先开的口，但是一向冷漠的她先冲我微笑的，我才被她吸引过去；欣赏她的裸体时也一样，虽是我先提出要求的，却是她挑开话头让我说出来的。

——我确实非常崇拜光子，可事情究竟是如何发展到这地步的呢？其中既有对丈夫的各种不满，也有在学校传出的谣言所引起的反作用，也许光子看穿了我身上的那种可诱惑性，有意无意地暗示我，我就上钩了。这样想来，她与 M 家的婚事，也可能是借口。总之，我觉得是她自己设下了圈套让我往里钻，而在表面上，却总是让人觉得是我主动追求的。不过，绵贯的话呢，也不能百分之百地全信。衣服被盗的那个晚上，也可能不是绵贯的指使，但接到从 SK 医院打来的电话时，那位男士的声音如果不是绵贯的话，难道当时那种情形下，她还能求助于其他人吗？就像这样，一旦有了怀疑，也就有了不解之处。

——首先，光子为什么要向我隐瞒怀上孩子这件事？我那么替她担心，她却对我如此见外，可见我还是受她轻视。绵贯的一番揭秘，说不定是想离间我和光子的关系，是不是？对呀，现在他来和我联手，是怕我影响他们的婚事，一旦结了婚就将我丢开，他是这么打算的吧？——这么一路想下来，我心中的疑云越积越厚。

四五天过去了，绵贯有一天又等在胡同口，见我出来，他叫住我。

"喂，等等！我今天想跟阿姐商量点儿事，我们去'梅园'，好吗？"

我跟着他一起去了，到了二楼的房间，他说：

"我们只是口头上约定结拜为姐弟，但阿姐不会轻易相信我，我也有所担心。所以为了消除彼此的疑虑，我们立下字据，好不好？其实我已经写好了协议书带过来了。"说着绵贯从怀里掏出了两份写好的协议书。

……哦，对了，给您看一下这张字据，这就是当时的协议书。（作者按：为了让柿内遗孀的故事前后衔接得上，有必要在此介绍一下她所展示的协议书的内容。也好让大家充分想象起草这份文案的绵贯的性格，因此我不避其烦，将原文作如下抄录。）

协议书

　　　现住址：兵库县西宫市香枦园××　　律师法学学士

柿内孝太郎之妻

　　　　　　　　　　　　　　　　　　　　　　柿内园子

　　　　　　　　　　　　　　　明治三十七年五月八日生

　　　现住址：大阪市东区淡路町五号街××号　　公司职员

绵贯长三郎之次子

　　　　　　　　　　　　　　　　　　　　　绵贯荣次郎

　　　　　　　　　　　　明治三十四年十月二十一日生

柿内园子与绵贯荣次郎，鉴于双方与德光光子具有密切的利害关系，自昭和某年七月十八日起，按照以下条件，发誓结为姊弟之交，当无异于同胞骨肉，协议如下：

　　一、以柿内园子为姊，绵贯荣次郎为弟，荣次郎虽年长，但当以园子之妹夫者居之；

　　二、姊认可弟为德光光子之恋人的地位；弟认可姊与德光光子间的姊妹之爱；

　　三、姊弟要时时联手以防止德光光子的爱情转向第三者。姊致力于达成弟与光子的正式婚姻；弟即使在婚后也不得针对姊与光子已确立的关系提出任何异议；

　　四、如果两人的任意一方遭到光子抛弃，另一方应与之共进退。即弟被抛弃时，姊要与光子绝交；姊被抛弃时，弟则要解除与光子的婚约，如在婚后，则应与之离婚；

　　五、任何一方不经另一方许可，不得擅自与光子私奔、隐匿所在或发生殉情等行为；

　　六、两人达成的协议书不应挑起光子的反感，除非万不得已，双方必须绝对严守秘密。任何一方欲对光子或其他人公开协议时，有义务事先与另一方进行协商；

　　七、任何一方违约时，应做好准备，承受来自另一方的所有迫害；

　　八、此协议书有效至任意一方自愿放弃与德光光子的关系为止。

特立此约

昭和某年七月十八日

姊　柿内园子　印

弟　绵贯荣次郎　印

（——这些文字是用毛笔极其精细地写在两页改良的日本白纸上的。文字间距非常拥挤，一笔一画丝毫没有笔误。两页白纸的四分之一以上都是空白，这让人觉得没必要把字写得这么细小。大概平时写字的习惯就是这么不大气的吧。现在的年轻人并不习惯使用毛笔，能写成这样已相当不错，只是透露出商家掌柜写字的一种恶俗的圆滑。只有最下面两人的签名是在梅园二楼用钢笔签署的，柿内遗孀的签名字迹很大，这也显得很不协调。而且最令人感到不爽的是，在署名的下方散布着花瓣似的茶褐色的斑点，相同的印迹在白纸订线处，盖骑缝印的地方也有两滴。这到底是什么东西？只能等这位遗孀自己告诉我了——）

"怎么样，阿姐？这些条件您同意吗？如果同意，您就在这里签个名，盖上您的印章，行吗？还有，如果您觉得需要补充条款，请不要客气，尽管告诉我。"

"这些条款能够严格执行的话就可以了，我没意见，但是你们有了孩子时，你和光子都会觉得家庭的重要了，对吧？在这一点上希望你再多考虑一些。"

"这一点正如第三条规定的那样：'弟即使在婚后也不得针对姊与光子已确立的关系提出任何异议'，所以，我绝对不会为了家庭而牺牲阿姐，如果您担心孩子的事，那咱就添写上让阿姐安心的条款，您看怎么写才好？"

"现在阿光肚子里怀着孩子，结婚也是必须的，这也没办法了。结婚以后希望你们就不要生孩子了。"

我说完之后，绵贯稍作考虑，然后说：

"我同意，就这么办吧。怎么样来写呢？您看，会有这种情况吧，还有这种情况……"

他考虑到各种情况，有些情况甚至连我自己都没注意到。——第二张纸的背面，老师，请您看一下用钢笔写的那部分，那些就是当时补充的内容。（作者按：在那份协议书的最后一张纸上，作为"追加条款"，附加了以下条文——"弟与德光光子在婚后，时时要注意不致其怀孕，一旦有怀孕迹象时，其处置悉听姊之安排。"——写完这项条款后，绵贯似乎又想起了其他内容，又规定了另外两条——"虽是婚前妊娠，并于妊娠期间成婚，婚后只要有可能，必须彻底实施避孕"；"弟保证与妻子一起忠实地履行追加条款，否则不得与光子结婚"。——此处也按上了斑斑点点茶褐色的印迹。）

全部写完之后，绵贯说：

"立好这份协议我就放心了。看一下这些条款，阿姐要比我有利得多，这下您就明白我的诚意了吧。来，签名吧。"

"签名没问题，可我没带印章。"

"结拜姐弟之盟，一般的印章不管用，对不起您了，有点疼，您能忍一下吗?"绵贯面带笑容，说着就从和服的袖兜里掏出了一样东西。

二十

"请把这里露出来，有点疼，一会儿就好。"

说着绵贯已经牢牢地抓住了我的手腕，我以为是在手指上，结果他把我的衣袖一直卷到肩头，用手帕在我胳膊肘上下各扎一处，我说：

"不是说要盖印章的吗？干吗要弄这种事情？"

"我们不光是盖印章，还要结成姐弟盟约。"然后他自己也同样卷起衣袖，和我的胳膊并齐，说：

"准备好了吗？阿姐，可别出声啊……一下就好，你闭上眼睛。"

"不要！"我叫道，不知道他会对我做出什么事情来。想要逃脱，手腕却被他紧紧握着。看见那个亮晃晃的东西，我吓得魂飞魄散，闭上眼又怕脖子被他割了，简直魂不附体。他要是一刀捅了我，也就捅了，我认命了。这时，觉得手臂上有锋利的东西刺溜地划过，我胆战心惊，差点儿晕倒，就听到他说：

"坚持住，再坚持一下。"然后他伸出自己的胳膊说：

"来，阿姐，请你先喝。"接着又说：

"这里，这里，在这儿画押。"他一边说，一边抓着我的手指，一处一处地画了押。

我深感绵贯这个男人太可怕了，我把那份协议书小心翼翼地锁在了衣柜的抽屉里，真心实意想要严守约定。虽然觉得对不住光子，但表面上却装作若无其事，可毕竟心里有鬼，脸上还是挂着点紧张的神色，第二天阿光很奇怪地盯着我的脸，问：

"阿姐，你的手臂上，为什么有伤啊？"

"哦，你是说怎么弄的吗？昨晚被蚊子咬惨了，可能是睡着的时候，挠破的吧。"

"好奇怪哦，阿荣身上怎么也有个一样的伤呢？"

让她这么一说，我觉得大事不妙了，瞬间我的脸色大变。光子说：

"阿姐是不是有事瞒着我？这伤是怎么弄的？说实话吧，你就是不告诉我，我也能猜出几分，阿姐背着我，和阿荣做了什么交易，立了誓约吧？"

光子说出这话，对此她早有猜疑。被她戳中要害，我也不能继续装糊涂了，但我还是铁青着脸默不作声，她又说：

"一定是这样的吧？阿姐为什么不告诉我？"

听她说，原来绵贯昨天和我分手后回去，那时，光子看到了他手臂上的伤痕。现在又看到我的，更觉蹊跷。她说两人在同一天去了同一个地方，手臂上都有了伤，这种巧合是不可能的，于是她又说：

"阿姐觉得我和阿荣谁更重要？""既然是瞒着我的事，一旦让我知道了就很糟糕，对吧？"等等说了一大堆，话里话外似乎觉得我和绵贯之间有了什么见不得人的事，最后她说：

"你不告诉我，我就绝不放你回家。"光子在说这话时，一直很平静，但眼中却含满了泪水，带着怨恨的目光盯着我。她那眼神极为妖艳，有种无法形容的娇媚，她用那种眼神说"哎，阿姐"的时候，我难以抗拒她的魅力。她既然有了猜疑，早晚必定爆发，难免有一场争闹，只要不以实相告，就会被她怀疑。但是不跟绵贯商量，我也不能稀里糊涂地说出去，所以我就对光子说：

"等明天再说吧。"

"明天能说的事，为什么今天不能说？和别人商量了再告诉我，那不听也罢，你只悄悄告诉我，我不会让你有麻烦的。"她怎么都不肯听我的，于是，我说：

"阿光，虽说事先没跟你说，可是，你不是也有事瞒着我吗？"

"我瞒你什么了？任何事我都是坦诚相告的，你觉得我隐瞒了什么？"

"是吗？你对我绝对坦诚吗？"

"绝对啊！我从来没想隐瞒，有些事可能是没说而已。"

"你有了身孕这事儿，是不是在瞒着我呢？"

"你说什么呀？阿姐。"

"就是那次，你到我家来，折腾得不轻，那个时候你是真的怀上孩子了？"

"哦，那件事啊。"毕竟是尴尬的事，她立刻红了脸，说：

"因为想见到阿姐，我是故意装的……"

"我问的不是这个，我是想知道，那个时候是不是真的怀孕了？"

"没有啊！"

"那么现在也没怀上吗？"

"当然啦，这种事，阿姐为什么要怀疑呢？"

"不为什么，只是有怀疑的理由而已。"

"哦，阿姐，我明白了！"那时光子脸上一副恍然大悟的表情。

"阿姐，一定是阿荣跟你说我怀孕了，对吧？他肯定是这么说的，实话告诉你吧，他根本就没有生育能力……"说到这里，光子拼命地咬紧牙关，满眼的泪水滴滴答答顺着脸颊滚落下来。

"你说什么？阿光！"我惊呆了，简直不敢相信自己的耳朵，光子已经潸潸落泪。她告诉我："我的事不曾对阿姐有过隐瞒，而绵贯却有着不可告人的秘密，一旦被人知道，不光他丢脸，我也觉得绵贯可怜。可是，他要是背着我在阿姐面前诋毁我、污蔑我，我也不再同情他了。如今我这么倒霉，都要归咎于他，我的不幸，归根到底也都是他在捣鬼。"说到这里，光子又伤心地哭起来，然后才一五一十地讲述了她和绵贯的相识过程。

两年前的夏天，在去滨寺别墅时，两人相遇并开始交往。一天晚上，绵贯请光子出去散步，把她带到了海岸边一条渔船的后面。夏天过后，因为两家在大阪住得很近，平时不是你约我就是我约你地出去见面。有一次，光子从女校时的一个朋友那里，听到有关绵贯的一些奇闻。那个朋友曾经在宝塚看到她和绵贯一起散步，后来在朝日会馆看晚场电影时，这位朋友瞅准了光子独自来到屋顶花园的时机，从身后拍着她的肩膀叫她"德光小姐"，并问她：

"前几天，你和绵贯一起散步来着？"

"你认识绵贯？"光子问。

"并不直接认识，不过大家都知道他是个美男子，议论纷纷的。像你这样的大美人和他一起散步正般配哦。"朋友说时还颇有含义地笑着。

那时两人还没发展到亲密关系的程度，光子解释说只是散散步而已，朋友就说：

"你就不用辩解了，谁都不会怀疑他的，你知道他的外号吗？"

"不知道。"

"他叫'百分百的花瓶男'。"说完朋友嗦嗦地发笑。

这是怎么回事？光子一无所知，便刨根问底。原来传闻说，绵贯这人没有生育能力，是个中性人，而且还说，这事有证人可以作证。

二十一

　　总之，光子弄明白了这件事。光子的那位朋友认识的一个人曾经与绵贯相爱，托了人去求婚，结果对方父母总是支支吾吾就是不给个痛快话。女方是真心想结婚，便恳请绵贯家给个说法。这么一来，对方才说，其实出于某种原因，家里决定终身都不给荣次郎娶妻，后来慢慢了解到，荣次郎在小时候得了流行性腮腺炎，由此患上了睾丸炎——我不了解这方面的情况，问了医生，说是没怎么听说过这种腮腺炎会引起睾丸炎。不过，这只是对方的说法，也许真正的原因是绵贯的放荡不羁。反正，从此姑娘恨透了绵贯。

　　虽然绵贯也怪可怜的，但是既已如此，就别去找女朋友好啦。可他还要写一些腻歪的信件，花言巧语，尽说些"你是我最理想的妻子"这类的话，散步时，他必定会把人家带到黑暗的地方。现在回头去想，正是因为他有缺陷，所以只能通过这种方式满足自己，也就是说，戴上恋爱的面具来玩弄别人。绵贯那时说"我觉得在婚前发生肉体关系是一种罪恶"，听起来跟个正人君子似的，这就更加令人恼火了。尽管对方要求她保密，但这位姑娘气愤之余四处宣扬，结果她了解到，除了自己之外，还有很多人都被他欺骗。因为绵贯非常清楚自己的美貌会受到异性喜爱。所以无论在哪儿，他都厚着脸皮往女人堆里钻，只要他甩出钓钩，没有不上钩的。他一直谎称自己要进行柏拉图式的精神恋爱，无论爱恋得多么热烈，他都坚守纯洁，所以女孩大多都认为他人格高尚而加倍地崇拜他。被他牵着鼻子却越陷越深，一直到不能自拔的程度，突然就被他啪地甩掉了。

"那么，你的情况也是这样的吗？"我问。

"对，我也是这样的。"

事后一对，被他要弄过的姑娘，每个人的情况都是一样的。关系发展到了某种程度，他就悄无声息地遁形匿迹了。受害者到了这种时候，才会觉得他的举止有些怪异，如果是真正的柏拉图式的恋爱，他却要和姑娘接吻，岂不矛盾？他的做法哪儿还有纯洁？！大家在被骗的时候都没有察觉，可是一旦真相大白了，都会往外说。那些被他甩掉的姑娘们众口一词："一旦到了谈婚论嫁的阶段，他就立刻消失得无影无踪了。"甚至还有人同情他。可他本人还以为没有多少人知道自己的秘密，之后他继续一个接一个地要弄处女。不知情的姑娘至今还常常上当受骗，而知道他底细的人都把这种事当笑料。

"那个花瓶男，又钓上了一个……"

"那个花瓶男呀，没人会羡慕的。"

那位朋友对光子说：

"这些天我心想，德光小姐一定还不了解他的底细，等哪天我要告诉她。你要是不相信我说的，就去问问某某人或某某人。"

"啊?！这么不正常的人啊！我倒是还没被他亲吻过，这么说，很快他就会那么做了吧。"光子故意装糊涂，当时话题也就不了了之了。

光子回到家里，便问小梅这事是真是假。

"是真是假，小姐，难道您不知道吗?"小梅反问光子。

在小梅看来，如果发生过这种事，光子不可能不知道。但因为光子是第一次接触异性，所以绵贯说"有了孩子可不行"时，光子也没有感到可疑。现在听朋友那么一说，自己也无从判断真假。小梅起初也很吃惊，她说：

"小姐和那位先生在一起太般配了，真是金童玉女，是不是有人想挑拨离间，就说了那些坏话呢?要不要找人去调查一下?"

之后，光子找了私人侦探秘密地进行调查，报告结果说，情况属实，那人的确有生理缺陷。不过，是否由腮腺炎所致则不得而知，总之，似乎从儿时起他就已经这样了。那么，此事侦探又是怎么了解到的呢?原来绵贯在和光子相好之前，曾躲在南地玩乐逍遥，侦探对此彻查了一番。对他那方面也进行了调查，了解到即便是老到的女人，一旦咬上了绵贯的钓钩大都会落入情网。就算他再怎么风度翩翩，也让人感到不可思议。

难道他掌握了什么秘传宝典不成？一时间传闻四起，就是向那些曾经和他有过关系的姑娘们打听，也绝对没人说穿秘密。这样，风闻越传越广，也有人千方百计深入查探，摸清的情况则是，早先绵贯游戏爱情时一直隐瞒自己有缺陷的实情，后来有个女人探出了他的秘密。那个女人也是一个有同性恋嗜好的人，因为绵贯不算真正的男人，她便向绵贯灌输了如何得到女人喜爱的技巧。听说后来绵贯就有了"半男半女"或"不男不女"的诨号，可就在人们开始这么叫他诨名时，他的恋爱游戏突然中断了，所有的茶馆里都看不到他的踪影了。——后来光子给我看过那个侦探的调查报告，调查得非常周密，连细节也一清二楚。那方面的事在调查报告中都写得非常仔细。

就在绵贯躲起来在外逍遥期间，他增添了信心"我也没必要悲观"，这次他正在寻猎老到的女人时，光子一下撞到了他的网上。——可以想见，光子意识到自己成为这种人的玩具时有多痛苦。那时光子真的想过要一死了之的，但是一转念，她下定决心，就是死也要先把怨恨发泄出来再死，便对绵贯说：

"我们正式结婚，好不好？只要你同意，我会让家里答应的。"光子说完，想听听绵贯怎么回答，结果绵贯却用什么"我也希望结婚，但现在时机还不成熟""再过一两年吧"等等来敷衍。

"其实无论过多少年，你都不能结婚的吧？"

听到此言，绵贯突然变了脸色：

"你为什么这么说？"

"不为什么，就是听到了一些传闻。尽管如此，我也不能抛下你，我们一起死吧。"

但绵贯还是坚持说："那些传言都是造谣。"

当光子把侦探的调查报告拿出来给他看时，绵贯的表情简直无法形容，他说："对不起，请你宽恕我。我们一起死。"

然而，却迟迟不能去死，光子如果向他发出狠狠的抱怨，他又会摆出一副可怜相，最终她还是拖拖拉拉地与他见面。光子在内心里依然忘不了绵贯，也想多一些时日与他在一起，而绵贯也看穿了光子的内心。以前他一直都觉得，对方一旦知道了自己的身体缺陷，不管多么爱他，一定会离他而去，因此他才一直掩盖自己的秘密；如果有人知道他有缺陷也依然爱他的话，那他为什么要隐瞒呢？虽然有这样的身体很不幸，但并不是严重缺陷；如果因此就说他没有做男人的资格，那么，男人真正的价值到底是什么？难道说男人就只是看外表吗？如果只看外表，是不是男人都无关紧要。据说深草的元政①上人，觉得作为男人的标志碍事，便进行灸治，对不对？男人中做出了最伟大的精神方面贡献的人，释迦牟尼也好，耶稣基督也好，都是接近中性的人，对不对？所以，像自己这样的人正是理想的人啊。希腊的雕刻艺术表现的既不是男性也不是女性，而是中性美，还有观音和势至菩萨的形象也是这样的，可见，人类

---

① 元政（1623—1668），江户前期日莲宗的学僧。效力于彦根藩主井伊直孝，辞官后，隐居在京都的深草，人称深草上人。

中气品最高的就是中性人。自己又何必一味地担心喜欢的人离开自己而隐瞒呢？说真的，恋爱生子，这是动物式的爱，对享受精神恋爱的人来说，这种事不足挂齿……

二十二

……唉，一旦说到这些，这位绵贯就会大发议论。凡是对他自己有利的，他就说个没完。他说，如果光子不想活了，他也一起去死，绝不犹豫。但是自己并没有去死的理由，这样死去的话，别人会说"哎呀，那个男人因为身体有毛病，想不开就死的"，那就太窝囊了。因为这点小事就去死，自己还不至于这么没出息。世态如何炎凉，也要好好活着，他要人们看看，自己能干出一番了不起的业绩，成为一个非凡的超人。光子也一样，既然连死的决心都有了，何不选择和他结婚呢？前面也说了，不要认为嫁给他这样的人为妻是一种耻辱，这是更加高尚的精神上的结合——当然，世人不能理解这种道理，可能会遭遇重重阻挠。但不必因此各处去作解释，宣传自己是什么人。就算有几个人散布谣言，但他们又没有掌握确凿的证据，所以，如果有人问起此事，光子可以毫无惧色地告诉他们，绵贯是完全正常的男子汉——想想这一点真是矛盾，如果像他说的那样"丝毫不必悲观，自己是超人"，那何必又要隐藏秘密呢？抬头挺胸、坦荡做人就好啊，可是，他却说，趁着还没有受到阻挠，先顺顺利利完婚。这是他的主要目的。为了达到这一目的，欺骗世人也是无奈之举，只要自己在心里认为自己的婚姻并不逊色于任何人，就不会妨碍结婚。但是光子跟他说，世人这边还好说，可是甚至要欺骗父母就没那么容易了。他说，如果有人在了解情况的前提下愿意嫁过来，自己的父母肯定乐意至极。不同意的只是光子的父母，以实相告，他们肯定也不会答应，所以，我们不得不隐瞒。只要光子愿意，绝对能瞒得住。

"以后真相暴露了怎么办？"光子问。

"真相暴露了，有真相暴露时的办法，对不对？一旦暴露了，就可以无所畏惧地向他们表明自己的立场，态度鲜明地告诉他们，我非光子不娶、你非绵贯不嫁，若是这样，父母还是不同意的话，那时才是咱们两人销声匿迹、私奔他方的时候，一起去死也没什么大不了的，对不对？"

他本人并不认为自己的秘密已有很多人知道，甚至还被人起了外号。老到的女人另当别论，几乎没人能发现他的秘密，所以，就以为能够瞒天过海。但实际上，想要骗过父母顺利结婚是很难做到的。绵贯家里只有母亲和一位叔父作监护人，他想让光子与家人见个面，并对家里说："因为什么什么的原因，反正如果她家里来正式提亲的话，不要多说什么，请答应下来。"他母亲非常通情达理，那位叔父也不会专门揭人短，把好端端的亲事搞砸。但光子认为，提亲前自己家里肯定先要对男方的个人情况进行一番调查的，所以，不管怎么做都会被人了解到实情。与其现在就平地里起风波，不如暂且私下里约会为好。原本绵贯也没有必须结婚的理由，何况他的身体条件，要谈婚论嫁简直就是天方夜谭，这一点他自己也清楚明白。可是光子不可能一辈子不结婚，绵贯非常担心，这样下去，最后连出逃的机会都没有了。而且他口是心非，如有可能，他还是希望自己能像一个正常的男人那样，过着拥有太太的家庭生活，而不是一味地做些欺骗世人的事，甚至欺骗自己的内心。他不仅希望自己与其他男人完全一样，甚至还有一种虚荣心，希望自己拥有像光子这样、比别人的太太还要漂亮得多的太太，他要让世上的那些乌合之众目瞪口呆。所以，他极其焦虑，就说些挖苦光子的话：

"你说咱们先暂时回避提亲的事，是不是因为一旦有了一门称心如意的好亲事，你就准备嫁人了？"

于是，光子劝慰道：

"不管我父母怎么说，我一定不会另嫁他人，眼下又没有人向我提亲，很快等我到了二十五岁，就可以自主决定婚姻了。早晚肯定会有机会的，所以，你再忍耐一下就好……否则，唯一的出路，就是咱俩共赴黄泉。"这样，光子总算说服了他。

光子当时的心情呢，她说"自己也说不清到底怎么回事"，起初那么说是劝解安慰他的，内心其实是想设法了断的，每次见过面后总是后悔。唉，真是的，自己艳冠群芳，却被那么个男人缠住，多么冷酷的命运啊！唉，真想快点结束这一切。可奇怪的是，还没过上两三天，自己却又跟在他后面紧追不舍。难道自己是如此地眷恋绵贯吗？可精神上对他一点感觉都没有，就连看到他的模样都觉得恶心，内心里常常会强烈地鄙视他，认为他是"一个卑鄙的家伙、一个令人不齿的家伙"。因此虽然两人几乎天天见面，却极少能够情投意合，总是喋喋不休地争吵，吵架的内容也总是老一套，绵贯不是说你是不是把我的秘密告诉别人了，就是说你到底让我等你到什么时候啊，全都是无聊透顶的话，唠唠叨叨，还疑神疑鬼地……光子对他说，你这么忌讳的事情，我说给别人听毫无意义，又不光是你自己丢脸，这种事不用你提醒，我也早知道。但只有小梅，我不能不告诉她。绵贯听到这里就说：

"你为什么要告诉女佣啊？"

那时两人吵得厉害极了，光子也毫不退让，她说：

"你是个伪君子，是个撒谎专家，说一套做一套。我们在一起，根本不是真正的恋爱。"光子狠狠地甩出了这句话，绵贯终于无言以对，便恼羞成怒地说：

"我要杀了你！"

光子回说："要杀就杀，我早就不想活了。"说完闭上眼睛，一动也不动。

绵贯这才服了软，说："我错了，请你原谅我吧。"

光子对他说："我可不像你这么厚颜无耻，这种事如果传出去让世人知道，我不知道自己比你要痛苦多少倍，请你再也不要跟我提这些事了!"

光子狠狠地对他痛斥了一番,之后绵贯越来越抬不起头了,但也因此变得更加阴险了,背地里更是疑心深重。

就在两人处于这种胶着状态时,M 家来提亲了。——光子当时进入那所技艺学校,是为了创造机会与绵贯见面。而她和我之间传出同性恋的绯闻,并不是哪个人捣鬼,其实是光子自己散布出去的。她写了匿名明信片投进别人的邮箱。她为什么要这么做呢?因为,绵贯听说了提亲一事后非常嫉妒,就威胁她说,如果她答应提亲,他可不会轻易放过此事,他会把两人一直以来的关系毫无保留地曝光于报刊媒体。即便不这么做,也会在暗中布局,促使竞争对手的市议员那边查找光子的毛病,把她和 M 家的这门婚事搅黄。

当然,光子自己并不想嫁到 M 家去,竞争不过也无所谓,但如果由于此事而被人挖出了她和绵贯之间的秘密,一下子让满世界都知道的话,那是她最恐惧的。所以思来想去,为了掩人耳目,她就故意制造了同性恋的谣言。唉,说来也是利用了我,来遮挡世人的视线。对光子来说,她宁愿让人说成同性恋,也不愿被人说成是"花瓶男"或"半男不女"的相好,顶多背后被人指指戳戳,但不会成为人们的笑柄。在这种情况下,起初光子只是听说我在以她为模特儿作画,后来在路上擦肩而过时,她看到我的表情,就突然想到了这个主意,如此而已。但是由于我太过认真、太过热烈,她渐渐从利用我变成了真正的爱恋。虽然我也不是全然的纯真,但感情之纯洁是绵贯远远比不上的。所以在不知不觉中，光子被这种情感拴住了。

另外，光子还说，一方面，自己沦为绵贯这种令人不齿的家伙的玩物，另一方面，自己受到同性的崇拜，甚至把自己画成观音的形象，这两种境遇天差地别。自从我出现，她天生的优越感——自尊心又重新回来了，第一次感到世界变得光明了。

于是，光子对绵贯说，学校里有自己和某个人同性恋的传闻，正好可以利用这个女人，这样以后他们俩出门约会，也有了合适的借口。然而，绵贯可不是那么容易轻信的人，他表面上说"是啊，这主意挺好"，但内心里却磨刀霍霍，妒火中烧，一旦有机会，他就想要从中破坏我和光子的关系。现在回想起在笠屋街发生的"盗衣事件"，就觉得有些可疑。那时他说的在别的房间里有人赌博啦，刑警闯入啦，全都是无稽之谈。其实这都是他一开始就计划安排好的，他先买通了旅馆的人，趁光子惊吓躲逃时，把衣物全部藏起来。——说来，那天中午，光子在来我家之前，先去三越百货买东西，偶然碰到了绵贯，她跟绵贯说，这就去柿内姐姐那里，回来时直接去笠屋街，希望绵贯在那里等她，说完两人分手告别。绵贯知道光子穿的和服是那件和我一起定做的同款套装，这下他就琢磨着好机会来了，要是把光子的衣服给弄丢的话，她就得给我打电话，那么，我就会对光子死心。这么一盘算，他就在等候光子的时候，买通了旅馆的人，教他们如何如何去做。——这种坏主意，绵贯是想得出来的，他也有时间来图谋策划。否则，赌博的那对夫妻穿着别人的衣服被警察带走，这也太离奇了。而且事后，光子也好，绵贯也罢，警察不可能不来找他们询问的。那时，光子真没想到中了他的圈套，所以搞得惊慌失措，不知该怎么办才好，这时绵贯就开腔了，他说：

"既然如此，就只能给柿内打电话了，把同款的那件和服叫她送过来，对吧？"

光子所言与绵贯之前的话在此大相径庭。光子已经被偷了，慌乱中，把曾经定制过同款和服套装的事早已忘到九霄云外了，哪里还能想出这种"妙招"。绵贯说出来之后，光子说：

"我们还没到那个情分上，我不能向阿姐求助。"

绵贯又说："你要是不愿意，要么和我一起私奔逃走，要么就打电话。"

光子被逼到走投无路，和这种男人一路同行，她觉得比死都难受。只能豁出一切去打电话。可是，那时明明还有更好的办法，比如让我去附近的咖啡店，或者让绵贯先回去等等，总之不要让我看到旅馆那种地方就好。但光子在慌乱中，根本想不到这些，这正中绵贯下怀，他催促着说：

"快点打吧，快点打呀！"

随后我被叫来了。

光子说："没脸见阿姐。"

绵贯就说："我来跟阿姐慢慢说，你先躲一下。"

之后他那副说话的模样，简直就像自己是光子的恋人一样，从我这里套出了很多话。光子说："哼，根本不是那样的。其实在这之前，绵贯并不十分了解我和阿姐的情况。"

二十三

"啊？这么说，当时真就被他套话了，是吗？他当时冷嘲热讽地说'要说光子对夫人的态度，那可是百分之百的认真啊'，看样子不像是在耍我。"我说。

"嗯，嗯，他故意那么说的，极力想要激怒阿姐。我躲在拉门里面听着，觉得他简直太会扯谎了，可是，那时即便出来辩解，阿姐也不会相信的……"光子说道。

光子发现自己中了他的圈套，气恼得要死。从那以后，绵贯觉得已经没有妨碍他的人了，更是对光子死缠不放，还动不动就对光子说：

"你才是个骗子呢，一直花言巧语地在骗我，不是吗？"而且他对我和光子的事一直怀恨在心，他说：

"你们肯定不会因为那件事就绝交了，说不定还继续在哪儿见面呢。"明明是他自己破坏了我俩的关系，还总是猜忌别人。难道这就是他的秉性吗？还是他故意装糊涂，说些令人生厌的话呢？光子说：

"你真不像个男人，已经过去的事了，你也能没完没了地絮叨。"

他却说："不对不对，那可不是过去的事，你肯定把我的秘密告诉她了吧。"

其实他最怕的就是这一点，如果让我知道的话，担心我会实施报复来阻挠他俩。光子说：

"请你适可而止吧，别再瞎猜了。我连有你这个人都没告诉过阿姐，哪里还有闲空来嚼舌头说你的闲事呢？你也见过阿姐呀，你看她像是知道的样子吗？"

"哪里，她的样子挺可疑。"

他自己套别人的话，反倒怀疑别人的态度——这不是单纯地讨人厌。绵贯之所以怀疑，是因为他觉得既然他知道我和光子的特殊关系，那么我就不可能不知道绵贯和光子之间的关系。知道了却从来不吃醋，肯定是因为光子告诉我"那个人性功能有缺陷"，所以我才放心的，否则，怎么能保持缄默呢？如此一想，说光子的肚子里有了，把我叫去笠屋街，都是为了显示他平时就是和光子在这种地方幽会的，不是性功能有缺陷的男人。在光子面前，他两手扶地恳求"求求你，跟阿姐分手吧"，光子也无法开口说"不"了。可自己不但轻易上了他的当，还遭到他无情的怀疑，光子为了争口气，也想将计就计钻他的空子。想想自己被迫做了违心事，因而毁了我俩之间的关系，就更加对我感到留恋不舍，她想方设法想要跟我和好，至少想见上一面，哪怕只看一眼。但是即便自己前去拜访我，也不能轻易见到，而且见了面又如何解释呢？那种情况下，她不管说什么也无法平息我的心情。

光子挖空心思终于想起了那本书……对光子来说，真是一本毫无用处的书，听她说，也确实借给了中川夫人。那次的"流血事件"，是她突然从这本书得到了灵感，想到一个主意，就是冒充 SK 医院之名给我打电话。之后光子花了好几天的时间精心设计，出现哪种情况该如何应对。当然也没跟任何人商量，一个人想办法做出了种种安排。只是她觉得打电话的人不能是女人，就把缘由跟小梅说了，让小梅请了洗衣店的男店员来帮忙。德光家是这家洗衣店的主顾，男店员经常会在光子家进进出出。光子说：

"那时，我一心一意想要挽回阿姐，绞尽了脑汁，现在想来，搞出那么大的动静，发那么大的火给人看，自己又不是演员，却演得真不错呢。"

那件事的确是她设计了我。不过她说自己也没办法。如果我能知道她是以什么心情做出的，肯定会可怜她，不再恨她。

然而，光子跟我和好如初这件事，不久就被绵贯知道了。光子本来就是要把绵贯的企图彻底打翻，所以没有特意去隐瞒，正等着看他一旦知道了会是一种什么模样。

"你最近又和那个人联系上了吧，你在我面前装模作样也没用，我知道得很清楚。"

"哦，我可一点没想装啊，反正就算我不和阿姐见面，你也会怀疑我们，那我觉得还是见面更好。"

"为什么瞒着我去见面？"

"并没有瞒着你啊，无论别人怎么揣测，我没做就说没做，做了就说做了。"

"可是，你不是一直也没告诉我吗？"

"因为没必要说啊，我觉得不必事事都得向你汇报吧？"

"这么重要的事，怎么可以不告诉我？"

"所以，我不是承认了吗？做了就说做了。"

"可是我不知道'做了'是怎么回事啊，你给我好好说清楚，是谁主动和好的？"

"是我去找了阿姐，向她道歉，请她原谅我。"

"你说什么？为什么你要去道歉？"

"你说为什么？那么晚的时间把人家叫出来，去那种地方，又是借衣物又是借钱的，然后就这么不理人了，有这样做事的吗？这么不通人情的事，你做得出来，我可做不出来。"

"借她的东西，第二天我就寄还给她了。对那个臭女人还有必要那么客气吗？"

"哦？当时你在阿姐面前说什么来着？你说'我这辈子怎么样都没关系，只要把这件事顺利圆过去，您的恩情我一辈子都不会忘记'，你不是还对着那个臭女人低下头来，双手合掌恳求的吗？可是，现在你竟然说出这种话来。再说了，借来的东西通过邮寄来返还，要是东西落到她丈夫手里，会带来什么后果？什么臭女人啦不必再客气啦，得到人家帮助了就是得到了帮助，你真是忘恩负义啊！你说出这番话来，让人觉得那晚的事，真像是一场计谋……"光子说完这番话，绵贯一脸的惊诧，他问：

"你说'一场计谋'是什么意思？"

"什么意思不好说。不过，自那以后，我和阿姐也没说要绝交，而你却自个儿认定，我们已经绝交了，这难道不奇怪吗？你要是觉得自己得逞了，就大错特错了。"

"到底怎么回事？我听不懂你在说什么。"

"我说，那天我们的衣物，之后为什么没有从警局那里还回来，这是怎么回事？"

"现在咱们讨论的不是这个问题。"绵贯这么说，因为他被刺到了痛处，他的脸上皮笑肉不笑地，以掩饰自己的难堪，并说：

"不说了吧？你今天情绪激动，好了好了，这件事咱们改天再慢慢谈。"

然而，他可不是那种能轻易放手的爽快男人，过上两三天他又旧话重提，这次他放低姿态来讨好光子，说什么"那位太太应该是相当气愤的，你是怎么让她回心转意的？你也教教我吧""看你面相温柔，你可是耍花招的高手啊"，还说"你比行家老手都要精明能干啊"。绵贯要么是各种戴高帽，要么就是讽刺挖苦，光子觉得在这些事情上适当妥协下也好，于是就把自己如何用计使我俩和好的事情经过告诉了绵贯。绵贯说：

"你演了那场假戏来骗人，什么时候学会的？"

"跟你学的呀。"

"别胡说，你也常常这样骗我的吧？"

"你瞧，又来了，又开始胡乱猜忌了。我可只干了这一次坏事啊。"

"为了和那位太太成为姐妹，你竟然做到这种地步了，我真搞不懂你。"

"可是你自己前几天不是还对阿姐说'我一点不介意，今后我们三人好好相处吧'吗？"

"那是因为当时如果惹恼了她就麻烦了，所以才那么说的。"

"撒谎！你给阿姐下了圈套吧？那天晚上的花招我可是一清二楚的。"

"我可不知道什么花招。"

"我可告诉你，常言说'匹夫不可夺其志'，别以为你躲在背后给别人捣鬼，人家就听之任之了。"

"你说我捣鬼，你有证据吗？你这才叫猜忌，对不对？"

"你要说是猜忌，就算猜忌好了。但既然你跟阿姐那么说了，是不是要说话算话，和阿姐好来好往呢？不管你是否相信，我绝不会把你忌讳的事告诉阿姐……"

光子就此转变了策略。她在我跟前提到那些事的时候，彻底为绵贯保密，不说绵贯忌讳的事，为了让我相信绵贯是一个健全的人，极力维护绵贯的名誉。所以，只要绵贯稍微能宽大为怀的话，将来我们三人应该是能够和谐相处的。

而另一方面，她拿捏住绵贯的隐痛，时而好言哄骗、时而威胁恐吓，光子说："既然我俩在这里约会见面了，就应该让阿姐也一起来。"她不让绵贯干涉我俩的交往，并表示，如果绵贯再唠唠叨叨的话，就只和阿姐在一起，把他丢开。最后，绵贯也只好忍气吞声了。

二十四

"……阿姐，尽管我们关系亲密无间，但这种事总归也是自己丢脸，说不定还会遭你嫌弃，所以一直忍着不说，不过好在今天已经全都说出去了，这个世上还有谁比我更不幸吗？"

光子说着就趴在我的膝头上大哭，泪水把膝头打湿了一片。她哭得太激烈了，我不知道说什么来安慰她才好。

至今我所知道的光子，华丽光鲜、争强好胜，任何时候眼中都充满了自豪的光彩，丝毫觉察不到那种痛苦的煎熬，然而，眼前让我大感意外的是，这么高傲、像女王一样高贵的她，竟然放下了自尊和一切，哭得死去活来。用光子的话来说，因为自己太要强了，不管遭遇多么痛苦的事，都极力掩饰不让别人看出来，如果没有阿姐的话，自己就更加郁闷了，多亏阿姐，才有了战胜厄运的勇气，只要见到阿姐，就会忘掉一切，变得心情舒畅。今天这个日子，也不知道为什么悲从中来，再也撑不下去了，长期压抑着的泪水，像决堤般奔流而出。

"啊，阿姐……阿姐是我唯一的依靠了，所以，请你听了这些话也不要嫌弃我。"

"我怎么会嫌弃你呢？这么难以启齿的事你都告诉我了，我能得到你这么大的信任，你知道我有多高兴吗？"

光子听了我的话之后，可能是放松了下来，她哭得更厉害了，泪流不止。她说自己的一生被绵贯弄得乱七八糟，将来也看不到希望和光明了，一辈子都会被他葬送掉。

"阿姐，我就是死也不能和那样的男人结婚，请你帮帮我，让我和他分手，好吗？请阿姐教教我。"

于是，我把昨天的事情全部跟她坦白了：

"既然是这样，我也实话相告吧，其实我和阿荣立了姐弟之约，而且互相交换了签名的协议书，上面有这样那样的条款。"

光子大概也猜到了这种事，她说：

"绵贯这家伙，随时随地都在怀疑别人是不是知道了他的秘密。所以他故意说出那件事，想来试探阿姐，如果他被甩了，也要把阿姐一起带上……"

这就难怪了，当时我说"光子怀了孩子，这事我还是头一次听说"时，他红着双眼很亢奋地说：

"啊？您是头一次听说？"他还问我："光子为什么说不可能怀孕呢？难道是因为身体上的原因？"

他当时脸色大变，连嘴唇的颜色都变了。那时我就觉得这个人好奇怪呀，还有，我想起来了，上次在谈话过程中，绵贯叹着气一而再再而三地重复说：

"唉，唉，我真是命运不济啊！老天怎么不帮我呢？"

他就像念台词那样带着抑扬顿挫的腔调——那时我觉得这人是为了博取别人的同情，故意发出那种哀伤的声调。尽管他厚颜无耻，哀叹确实是他欲诉而不能的孤苦心绪的自然外露。可是，他还说："光子为什么要隐瞒怀孕的事呢？在阿姐面前也要说谎，这可不好吧？""光子的父亲大发雷霆，说什么生出孩子的话，就找个人家送掉。"他花言巧语来试探我——这倒也罢了，竟然还说："看一下这些条款，阿姐要比我有利得多，这下您就明白我的诚意了吧。"本来也不是我要立什么协议的，条件不条件的，都由他写了，对吧？绵贯以无中生有的事由来骗取我的信任，居心何在？究竟他要用那份协议来干什么？光子说：

"关键之处肯定就是这几条了，'姊致力于达成弟与光子的正式婚姻''弟被抛弃时，姊要与光子绝交'，还有'任何一方不经另一方许可，不得擅自与光子私奔、隐匿所在或发生殉情等行为'，尤其最后这一条，这才是关键中的关键，其他条款都是烟雾弹。就这点事，他也煞有介事地搞出这么大的动作来，真是没必要。那个男人就有这种嗜好，摆弄些酸气十足的法律条文。"

这么说来，近日光子对待绵贯越来越容易闹脾气了，一副破罐破摔的样子，似乎也预感到绵贯不会轻易善罢甘休，他在背后要做坏事。所以，前几天，为了预防绵贯在背后捣鬼，光子把他拉出来，三个人一起见面去了松竹座，光子对他说：

"你总是这么闹别扭的话，干脆就去和阿姐见面好了，你自己听听阿姐怎么说，她是什么样的人，是否知道你的秘密，大概就能有个判断了吧。"

难怪，我就觉得那天的情形非常别扭，他也不开口说话。

"这么说，他表面上装得若无其事，也许从那时起，就开始琢磨背着你暗中与我联手。"我说。

"这个不好说，反正他一直在担心我会丢开他，然后和阿姐一起逃走。"

"他肯定是在利用我，一旦把你娶到手，就会对我说'我已经不需要你了'，然后一脚踢开。"

"他整天嘴上挂着'结婚结婚'的，不过是自欺欺人而已，他也知道根本结不了婚，而且如果逼急了，我会寻死。有阿姐在我身边，他反倒不用担心我被别的男人娶走，他想尽可能维持现状。"……

光子说今天绵贯还在等着她，但今天就是不愿意见他，让我帮她想想办法搪塞过去。

"可是眼下突然找理由不见面，只会引起他更多的怀疑，往后反而不好办。今天的事就当没发生，先别跟他说什么理由，等我很快来帮你，我一定会帮你离开绵贯，拼死也要拯救阿光的生命，万一不成我就替你杀了他。"

我对光子说了这番话后，陪着她一起落泪，给她打气鼓劲。然后我俩分开了。

哦，对了，看一下那份协议书的日期就明白了……是的，是的，这上面写的是七月十八日，我和光子说到这件事，大概是在第二天十九日。正好在那时，丈夫那边手头上忙的一件案子终于处理完毕，所以他跟我说：

"咱们找个地方去避暑，好不好？要不今年去轻井泽玩玩？"

可是我根本没那份心情去游玩，因为光子说她每天都太寂寞了，眼下的身体情况哪儿也去不了，还说真是羡慕我。我就跟丈夫说，还是等天气凉快了，带我去箱根玩吧，丈夫脸上显得有些不满，我也不放在心上。之后大概在半个月的时间里，我天天都焦急地等着丈夫出门，他前脚迈出家门，我紧跟着立刻就飞奔到了笠屋街。在我看来，打那之后光子就像换了个人似的，温顺可爱。之前，我觉得她就像一个美丽的恶魔，眼下突然变成了被老鹰盯上的鸽子，更加多了一份可怜，每次见到她，都是一副担惊受怕的样子，从没看到她绽露出原先那种欢快的笑容。虽然觉得她不会做傻事，但万一有个三长两短，事情可就闹大了，所以我也是坐立不安，就跟光子说：

"阿光啊，在阿荣面前你至少再高兴一点儿嘛，不然，又让他多疑，还不知道会说出什么话来呢。我一定会帮你甩掉他，让他在世人面前颜面扫地，所以就算再痛苦也请你忍耐一下。"

说是这么说了，可是怎么做才能把绵贯甩掉呢？像骗人、挖陷阱这种计谋都是绵贯的拿手戏，我怎么也想不出好办法。

要是现在绵贯又在小巷外面等候的话，我该用怎样的措辞，才能巧妙地摆脱掉他呢？没有执行那份协议书的条款，我没有丝毫的内疚，但是，破坏了约定还是觉得有点过意不去。每次从小巷出来的时候，我都感到提心吊胆，担心会不会又从身后传来令人胆战的一声呼叫"阿姐"。好在自那之后，绵贯的状况不错，那种男人嘛，肯定觉得互相交换了协议书就完了，他根本不会觉得有姐弟情分吧。他这样，倒是让我释怀了。

这段时间里，光子每天都跟我说：

"阿姐，想想办法帮帮我吧，多一天我都忍不下去了。"

光子在考虑，实在走投无路的话，只好破釜沉舟了，就是故意把绵贯约出来私奔。事先她会告诉我他们两人的去向，当报纸报道出来，闹成大事的时候，我再瞅准时机，带人去把他们抓回来。这样一来，绵贯再有能耐，也无法靠近她了，所以，光子想要摆脱绵贯，真是豁出去了，哪怕毁掉自己的名誉都在所不惜。她说：

"绵贯似乎隐隐约约察觉到我俩正在商量的事情了，要做的话，还是早点行动为好。"

"他要是察觉到了，大概会拿着那份协议书，以此为凭证来跟我理论的吧。这个非常的手段到最后不得已时再用吧。"

那个时候，我真的是想不出好办法了，甚至想过要不要到老师这里来讨些主意，可是这么厚脸皮的事，真是做不出来。我俩询问了小梅，她也说没有好点子。我们实在是无计可施，甚至想到了干脆借助丈夫的力量来解决。某种程度上坦白一下曾经撒过的谎，或许能通过法律手段让我们免受绵贯的迫害。这话要看怎么跟丈夫说，他也不见得对光子不抱有同情。

然而，有一天当我正在笠屋街的那家旅馆时，丈夫突然来了，事先既没有电话也没有其他招呼。他是在下班回家途中顺便来的，大概在四点半左右，我正在二楼和光子说话，就听到女招待慌慌张张地跑上来叫着说：

"夫人，夫人，您先生来这里了，说想要见您二位。怎么办？"

"他怎么到这里来了？"我大吃一惊，和光子两人面面相觑，我说：

"我先去见见就来，阿光你先待在这里。"说完我就下楼，往门口去见他。

二十五

"哎呀，这地方太难找了！"丈夫站在格子门那里，他说：

"是这样的，今天有同事要回伊势的四日市，所以刚才去港口街的车站送行。回来的途中，走到心斋桥大街，想起光子大概就在这附近。我想你也肯定在这里了，突然就想过来看看。我也没什么要办的事，就是觉得你总来这里打扰，给人家添麻烦，自己都到附近了却不过来露个面，那就过意不去了。而且也想顺便过来探望一下光子的情况，当面向她表达谢意。如果不妨碍的话，我想请她出去吃个晚饭，但不知光子是不是方便出门？"丈夫若无其事地说着，但我总觉得事情并不这么简单，我说：

"最近肚子已经很显形了，她现在谁都不见的，哪里还能出门呢。"

但丈夫又说：

"那么，我只见她一面就走。"

这样，我就没法说不行了，于是跟他说：

"那我去问问光子的意思吧。"

"阿光，他说看望你一下就走，怎么办啊？"我问。

"怎么办呢？真不知道该怎么办啊。阿姐，你是怎么跟他说的？"

"我说你的肚子已经很明显了，谁都不见的，可是他说一定要见面问候一下，就见一分钟也行。"

"他来这里，不会是另有原因吧？"

"说不准，我也这么琢磨呢。"

"既然这样，索性就见一下吧……刚才我和阿春商量了一下，阿春说把腰带衬垫绑在肚子上，外面再穿上和服就可以了。就这么办吧。这下真的要在肚子里揣上棉花了。"

于是，光子就跟那个叫阿春的女招待借了腰带衬垫，我对阿春说：

"你去把客人带到楼下的房间，让他等着吧。"

可是，我正在帮光子整装打扮时，阿春又上楼来说：

"我照您的吩咐跟客人说了，可是客人说只要见一两分钟就可以了，所以他要在门口拜见，不进屋里了。"

这样，我们就得赶快整装好，我和阿春两人一起动手，慌里慌张地帮光子穿好衣服。这要在冬天，怎么都好糊弄，可是眼下，光子在贴身内衣外只穿了一件明石绉绸①的单衣，怎么

———————

① 产于明石、京都西阵等地的一种高级薄丝织物，用于制作和服。

看都不像身怀六甲的样子。光子问：

"阿姐，你跟姐夫说我几个月了？"

"我忘了说的几个月了，不过我说很显形了，不装扮成六七个月的样子，恐怕不行吧。"

"现在这种装扮，看起来像六个月吗？"

"整体上得再鼓得圆一些才行啊。"

三个人扑哧扑哧地笑起来了，阿春说：

"再拿点儿别的东西来垫上吧。"她又去拿来了一些毛巾之类的东西。

我对阿春说：

"你再到楼下去一下，告诉客人，小姐说她不能让别人看见，极少到门口去。总之跟他说，让他进屋里来，麻烦你尽量先把他带到光线昏暗、不怎么能看清人的房间里。"

丈夫足足等了半个多小时，我们总算把光子装扮得像个身怀六甲的样子了，这才下得楼来。

"尽管你说不必拘礼，但是光子觉得穿着单层和服太不礼貌，所以耽误时间换了衣服……"

我一边说一边察看着丈夫的情况，折叠式公文包放在身边，规规矩矩地并拢膝头，端端正正地跪坐着，他说：

"这样反而给您添麻烦了，可是，那次见过之后很久没见面了，所以一直想来看望一下，正好今天路过这里。"

也许是我多心，丈夫好像一直盯着光子的肚子上下打量。光子说：

"哪里，我才是总在阿姐面前任性，给您添麻烦了。"

光子还说，为了她，我放弃了去避暑，觉得很是对不住您；多亏了阿姐，自己的孤独寂寞得到了安慰；万分感激，等等，话语不多，却说得精妙，值得称赞。光子用团扇遮挡在腹部。阿春也很机灵，她让光子坐在房间最角落的地方，这房间就是白天不点灯也显得昏暗，加上通风又不好，光子的肚子上裹得里三层外三层的，所以头上一个劲儿地冒汗，气喘吁吁的样子，怎么看都像真的一样，我心想："她可真会演戏啊！"

丈夫立刻起身告辞说：

"今天太打扰了，等您再能出门时，请再来家里玩吧。"又对我说：

"时间不早了，你也一起回家吧。"

我就悄声跟光子说：

"肯定有什么情况，今天我先回去了，明天你一定要等着我。"

我很不情愿地跟着丈夫离开了旅馆，丈夫说：

"坐公交车回吧。"

我们就前往四桥的汽车站，之后再坐上阪神电车回到家里。丈夫一直很不高兴，沉默不语，跟他说什么，他都含糊其词地敷衍。一进家门，也不换下西服，他就说：

"到二楼来吧。"说完咚咚咚地就上楼去了。

我大体有了心理准备，跟着上楼了。丈夫把卧室的房门嘭的一声关上，"来，坐下吧。"他指着对面的椅子让我坐下。片刻间他一言不发，叹着气陷入深思。为了打破沉闷的气氛，我先开口问他：

"你今天怎么突然去了那里？"

丈夫"嗯"了一声，继续思考，然后说：

"有样东西想给你看看。"他一边说一边从衣袋里掏出一个事务所专用的信封，抽出里面的东西放在桌子上，展开给我看，顿时我的脸色变得刷白。这东西怎么会落到他的手里呢？丈夫说：

"这上面的签名确实是你签的吗？"他把那份协议书推到我眼前，并说：

"我把话说在前头，我绝不想把事情搞大，但这取决于你的态度。如果你想知道这东西是怎么到我手上的，我可以告诉你，但是首先我想搞清楚一点：这上面你的签名是否属实？"

……坏了，被绵贯抢了先，我的那份协议锁在柜子里藏着，所以，这份一定是绵贯手里的，他是为了这个目的，才让我签下这份协议的吗？其实这几天我一直想要跟丈夫谈谈的，光子的事，还是开诚布公地全部告诉他更加有利，但是刚才丈夫突然袭击，出现在笠屋街。我们假装光子怀孕的事情就更加难以启齿了，这就像在给谎言涂脂抹粉似的——一错再错，早知道变成这种局面，不如当初如实相告好了！

"喂，你说话呀，否则我怎么能搞清楚呢？你给句话，好不好？"

丈夫极力按捺住心中的怒火，和颜悦色地说：

"你不吱声，看来你是默认了？这份协议书是你签的字吗？"

随后，丈夫把事情的来龙去脉讲给我听。

原来就在五六天前，绵贯突然来到今桥的事务所要求见面。不知究竟是什么事，丈夫就安排他在会客室见了面，绵贯说：

"今天来此拜访，其实有要事相托，想必您也有些了解，我和德光光子不仅有婚约，而且光子已经怀上我的孩子。可是，嫂夫人却插足我们中间，做出种种干涉。最近光子对我的态度，一天比一天冷淡，就目前的情形来看，光子和我的婚姻，依然前途未卜。就此，您能替我向嫂夫人提出劝告吗？"

"内人如何干涉了你们的婚姻？我不了解详情，但就我所知，内人同情你俩的恋爱，并且为你们祈愿，希望你俩能够早日成婚。"

"嫂夫人和光子究竟是一种怎样的关系，您并不了解实情。"

绵贯话语中委婉地透露出，我和光子的关系依然亲热如故，未曾断交。然而，毕竟是头次见面的男人，他的话丈夫并不完全相信。眼下，光子怀着这个男人的孩子，却和另一个同性之人亲密有加，这也太奇怪了。是不是我有什么事惹到了这个男人，让他感到不痛快了，丈夫刚想到这里，绵贯又说：

"您不相信我的话也在情理中，不过我这里有确凿的证据。"说着绵贯拿出了那份协议给丈夫看。

丈夫看完协议，发现自己的妻子一直都在欺骗自己，非常不快。但让他感到更加不快的是，妻子背着自己竟然和一个素不相识的男人立下了姐弟之约！而且这个男人和别人的老婆签下协议，居然还在人家老公面前拿出来展示炫耀，对此却连一句解释的话都没有。简直就是一副警察抓住了犯罪证据似的嘴脸，露出得意的暗笑。丈夫猜不透这个男人的意图，更加火上心头。这时绵贯又说：

"您看看这里的签名，您认得嫂夫人的笔迹吧。"

"是啊，看上去确实是内人的笔迹，但是我想先了解一下，这上面签名的那位男士是什么人？"

"就是我，我就是绵贯本人。"绵贯神色若定地作出回答，似乎没有听出丈夫话语中讽刺的意味。

"这个签名的下面，摁上去的印迹是什么？"丈夫问。

绵贯便没脸没皮地讲起当时的详细经过，丈夫没等他说完，就已经火冒三丈了，他说：

"我看了这份协议，上面清楚地规定了您和光子、园子之间的关系，可是我作为园子的丈夫，却一点也没有被考虑过，你们完全没把我这个人放在眼里。既然您也在这上面签了字，就应该承当相应的责任，那么，我想先听听出自您的立场的解释。更何况据您刚才所言，这份协议书并非出于园子的自愿，感觉是在半强制的情况下签写的。"

丈夫说了这番话，还以为他会感到羞愧呢，岂知他依然是一副皮笑肉不笑的模样，他说：

"正如协议上所言，我和园子因德光光子而结盟，我们之间的关系，从一开始就与作为园子丈夫的您有利益冲突。如果园子将您放在眼里，就不会与光子之间形成那样一种关系了，更不至于和他人订立协议书。虽说我巴不得她把您放在眼里，但是您妻子自己主动做出的事，我这个外人只有爱莫能助的份儿。要让我说的话，承认这份协议中所约定的关系，已经是对园子夫人做出了莫大的让步。"

　　绵贯一副反过来怪怨丈夫监督不力的口气，还说，他认为结拜姐弟关系与私通是两码事，所以自己并没有做出背德之事。

二十六

　　丈夫连手上碰到那份协议书都觉得很脏，但又看对方绝对是个不合常理的人，如果让这种东西留在这个男人的手里，不知道他会干出什么事，得设法把这个东西拿过来才好。丈夫就说：

　　"您说的事我已经知道了。如果事情像您说的那样，即便没有您的请求，我也不会放弃作为丈夫的责任。但是，今天我们只不过是初次照面，我想姑且也听听内人的解释，以免偏听偏信。我能不能暂时借用一下这份协议呢？把这个往她面前一放，她肯定就如实坦白了吧，不然，她就是顽固不化的家伙了。"

　　丈夫说完后，绵贯既不说借也不说不借，突然跟个宝贝似的把那份协议书放在了膝头上，他说：

　　"不过，如果园子夫人承认了，您打算怎么处置呢？"

　　"如何处置，这要看当时的情形来定，现在不可能明确地告诉您。我并不会因为您的请求而质问内人，也不会因为您的得失才行动，我是为了我自己的脸面，为了自己的家庭幸福才采取行动的。这一点请您弄清楚。"

丈夫说到这里，绵贯显出一些不悦之色，他说：

"我也不是为了自己的得失而希望您采取行动。我想这件事，偶然使得我们两人的利害关系相一致，所以我才来拜访您。这一点您也是同意的吧。"

"我没有多余的精力来考虑这些事，也不想考虑。对不起了，我并不想与您一起卷入这件事情当中。我只是按照自己的自由意愿来处置自己的妻子。"丈夫回答道。绵贯又说：

"哦，是吗，那就没办法了。不过，按说我跟您非亲非故的，没必要请您帮忙。但尽管如此，一旦园子夫人和光子一起私奔的话，傻眼的可就不是我自己了。可我明明知道这件事，却又对您守口如瓶，这就太不够意思了，所以我才来走这一趟的。"绵贯一边说着，眼睛始终紧盯着丈夫的脸不放，接着又说：

"一旦发生了那种事，无论您是否愿意都会卷入其中。"

丈夫对他说："我领会了您的好意，感谢您的一番体贴。"

"只是表达您的谢意，还是无济于事的。难道您认为，园子夫人绝对做不出私奔的蠢事吗？万一逃走了，您怎么办？您是打算放弃夫妻之情，听之任之呢？还是准备哪怕追到天涯海角也要把她夺回来呢？请您给个明确的意见吧！"

"我自己如何行动，要视情形而定，我不想现在就与他人商量约定，受人掣肘。何况夫妻间的事情，说到底只能在夫妻间解决。"

"但是，是不是任何情况下，您都不会和园子夫人离婚呢？"

他说话的口气太无耻，一个劲儿地纠缠不休。

"我和内人是否离婚，用不着旁人多管闲事，也不必你来操心吧。"

"那也不能这么说，园子夫人的娘家对您应该是有恩情的，要是说因为有一星半点的差错，而将园子夫人赶出家门，就有悖情理了吧。"

这些情况，他大概都是从光子那里听来的，连这种家庭内部的情况他都能摸得一清二楚。他还说：

"您也是一位体面的绅士，我想，您绝不会做出背信弃义的事吧。"

丈夫已忍无可忍了，他说：

"你到底是来干什么的？你没完没了扯这些不相关的话头，究竟为了什么？不用你来提醒，我自会遵守自己的绅士之道，并不能保证与你的利害得失保持一致，请你想明白。"

"哦，我明白。既然如此这份协议我不能借给您。"说完，他把放在膝头的东西仔细地装入信封，收进上衣内怀。丈夫虽然想拿到那份协议，但事已至此，也无可奈何了，到了这一步反而更加不能示弱了，就对绵贯说：

"好的，我也不是硬要向您借，您请便，拿回去吧。但有句话，我要事先说在这里，您既然拒绝了由我亲自将这份协议拿给内人看，那么如果内人否认其事实，也许我不会相信这份协议的真实性。因为和素不相识的您比起来，我当然更相信内人。"

然后，绵贯像是自言自语地说：

"总之，丈夫对妻子太娇宠了，这是问题的根源。我跟您说吧，园子夫人手里也有一份和这份协议一样的文件，您回去翻找翻找一定能找到。不过，如果夫人说没有这回事的话，请您看一下她的手腕，应该留有证据的。"——他说出这种招人厌恶的话来，接着说：

"百忙中，太打扰您了。"然后故意心平气和地告辞而去。

丈夫送他到走廊处，觉得这人真是无药可救的家伙，转身刚回到房间歇口气，才过了五分钟，又听到咚咚咚的敲门声。

"哎呀，刚刚才告辞，但我想再借用几分钟，稍作打扰。"

丈夫正觉得奇怪，只见绵贯脸上堆满了谄笑，仅仅五分钟的时间里，完全像是换了一个人，一脸讨好的表情进到屋里来。而此刻丈夫还没从不愉快的心情中走出，只是吃惊地看着他，沉默不语。绵贯径直来到办公桌前鞠躬行礼，没等丈夫让座，他自己就坐到刚才坐过的椅子上，开口说道：

"刚才是我不好，因为我现在到了危急关头，面临着我的至爱是否会被人抢走的问题，所以只考虑自己的事情而冲昏了头，没有顾及您的感情。我刚才那些话并无恶意，您就当我没说过，好吧？"

"您特意转回来，就是为了说这个？"

"嗯，是的，一出门就觉得自己错了，如果自己若无其事地走掉，就感到对不住您，所以我来致歉。"

"那您太客气了。"

绵贯应了一声"啊……"，依然扭扭捏捏地坐在那里，一副强颜赔笑的样子，只听他开口说道：

"其实我来这里，又是向您请求又是赔罪的，都是因为我太痛苦了，却又束手无策，所以请您体谅我的痛苦、愤懑和欲哭无泪的心情，只要您能体谅到我的这些苦衷，那份协议书我也可以借给您。"

"您说请我体谅，那我该怎样体谅您才好呢？"

"说实话，我最怕的就是您和园子夫人离婚。您这么做的话，园子夫人就更加豁出去了，她会越来越成为我的阻碍，那么我和光子的婚姻就更没指望了。我也认为您不会轻易那么做。但千思万虑，最担心的还是园子夫人带着光子私奔这种事。我啰嗦好几遍了，如果您不严加监管，近期她们一定会出逃的，这种事一旦发生，即便您在心里想原谅园子夫人，但在世人的指责面前，您就未必能做到。这么一想，我觉得危险已经迫在眉睫，夜里也不能安心入睡。"

说完这番话，绵贯就低下头连连相求，额头几乎贴在办公桌台面上："请您多多费心，多多费心了！"接着又说：

"这种情况下，您也许认为我是个只为自己盘算的、为所欲为的家伙，可是请您体谅我的困境和苦衷，请您保证，往后无论发生什么事，都要担负起监督的责任，不要让园子夫人出逃。当然，您也不能把她捆绑起来看管，那么保不准夫人就会逃走。倘若逃走了，请您一定去把她追回来，带回家。只要您答应了这个请求，这份协议我就交给您来保管。事到如今，也不用再三强调了，我很清楚，您非常爱园子夫人，绝不会和夫人离婚的，但我想听到您亲口说出这句话。您要是对我还有同情的话，就请您把心里的想法告诉我，好吗？"

丈夫在听他絮叨的过程中，对这个男人深感厌恶。本来直截了当、不伤害别人感情就可以说清楚的事，他偏偏就要故意绕出一些废话，而且总是对人察言观色，态度千变万化，真可谓怪异之人。女人应该不会喜欢这种男人的，也许光子也讨厌他了，真是个倒霉家伙。如此一想，这次他还真是可怜巴巴地上门来的。丈夫说：

"那么你能发誓将来不把这份协议公之于众吗？而且在我认为有必要的期间内由我来保管，可以吗？你如果同意，我也可以接受你的条件。"

"正如协议中所规定的那样，只有在双方同意的情况下，才可以示人，但由于园子夫人背信在先，我如果有意想找你们的麻烦，以此为把柄就没有办不到的事。但我并不是做这种事的卑鄙小人，否则我也不会特意把这份协议拿到这里来交给您，您说对不对？唉，如果对方没有诚意的话，这种东西签写得再多都如同废纸一样，所以，如果对您有用，就请您拿去用吧。只要您接受刚才提的那两条请求，我就心满意足了。"

既然如此，为什么不在一开始就说呢，丈夫一边疑惑着一边说：

"那我这就收下了。"说完正要拿过协议时，绵贯却说：

"请稍等，非常不好意思，为了日后不出差错，能不能请您写张收据？"

丈夫也同意了，便写了一句"以上协议收存属实"交给他，绵贯又说：

"后面请您再添写一笔。"

"写什么？"

"本人保证，在保管以上协议书期间，遵守以下条件：一、本人有责任监督内人不要做出有悖于为妻之道的行为；二、在任何情况下，本人绝不与妻子离婚；三、在协议书持有人提出要求时，无论何时本人有义务出示或交还所保管的协议书；四、协议书若在保管期间遗失，在没有给予持有人其他满意之保证的情况下，不得解除第一条及第二条所规定的义务。"

绵贯说的这些条款，并不是一下从嘴里顺畅地说出来的，而是写完一条，他再考虑，然后说"啊，再补充一条"，最后一条一条凑成了这样的条款。丈夫觉得他很可笑，这家伙就像个假冒律师。自己一半也是凑趣儿闹着玩儿，就由着他说，照样给他写上。丈夫说：

"那么，后面我再补充一条——'另外，本人所保管的协议书如果是凭空捏造之物，则所有协议归于无效。'——你看，这样写可以吧？"

绵贯吃了一惊，显出惊慌的神情，但丈夫不再跟他多说，快速写好交给他，绵贯突然又显出不舍的样子，磨磨蹭蹭地但又很无奈地把协议书放下离去了。

丈夫一口气说到这里，然后问我：

"怎么样？这份协议是你签的吧？你手里如果还有一份同样的东西，拿出来给我看看。"

丈夫说完，一直等着我的回答，我无言以对，只好起身去打开抽屉上的锁，把藏在里面的另一份协议拿过来，默不作声地放在桌子上。

二十七

"既然有这个东西，看来，这份协议不是伪造的了？"

丈夫这样问我，我还是沉默不语，向他点了点头。丈夫摸不清我的心情，所以疑虑颇深地眨巴着眼睛望着我，又问：

"那么，这份协议书里写的东西都是事实吗？"

"这个，有真也有假。"

我刚才一边听着丈夫的讲述，一边在想，事已至此，再继续隐瞒也无济于事了，干脆把绵贯的计谋彻底戳穿，不管对自己是否有利，把事情统统毫无保留地说出来，剩下的一切就顺其自然好了。也许事情并非想象的那么糟糕，说不定会有奇迹发生呢，这么一想，就完全下定了决心。首先把绵贯的秘密给他揭露出来，那么光子怀孕的事就是一场骗局，刚才丈夫见到她的时候，她在肚子上裹了一大堆的东西；笠屋街的那家旅馆，光子和绵贯两人时常出入，但什么事都没有；绵贯让我签下这份协议，也是我轻易落入他的圈套，受到他的胁迫。从自己上当受骗之事，一直说到欺骗丈夫之事，从头到尾大概花了两小时的时间，一五一十全都说给他听了，丈夫"嗯嗯"地听着，时而也叹口气，一直听我把话全部讲完，然后问我：

"那么，你刚才讲的这些，都是实话吗？绵贯这个男人的秘密也是确定无疑的喽？实话告诉你吧，我自己也仔细地调查了一番。"

丈夫与绵贯见面是四五天以前的事了，几天来，丈夫一直不露声色，把事情暂时按下。因为他总觉得绵贯这家伙举止可疑，可能背后还藏着更深的事端，所以在跟我当面对质之前，他要先调查一番，私下里找了侦探委托此事。在大阪做这种行当的并不多，结果他找到的那家公司和前一阵子光子委托调查绵贯的是同一家公司。于是，公司里的人当场就告诉丈夫：

"您要调查的如果是这个人，大概的情况我们是知道的，之前我们调查过。"

所以，在绵贯到访的那天傍晚，丈夫大体上已经了解到一些底细。丈夫大感意外，觉得说不定是搞错成另外一个同名同姓的人了，但是在侦探那里，这些事情毋庸置疑，绵贯与光子间的来龙去脉，他们都调查得一清二楚……这么一来，这次光子怀孕的事、笠屋街那家旅馆的事，以及我和光子之间的关系等等，都让丈夫觉得疑云重重，难以理解。他又让侦探调查了光子的情况。那份调查报告是在今天早上寄到的，但丈夫仍旧半信半疑，所以他想亲自来打探打探。刚才丈夫突然来到笠屋街，就是这么回事。

"那么刚才光子肚子里塞满了东西，你是知道的？"

175

我特意用开诚布公的语调跟丈夫说，但是丈夫没有正面回答我，他说：

"我认为你今天的态度比往日更温柔，更诚恳，不过这种诚恳的态度是不是意味着对过去所犯错误的悔悟呢？请你明确地告诉我。你过去的行为有多么偏颇，我不说，你自己也是了然于心的吧。我不想啰嗦那些不愉快的事，只是希望你告诉我，今后你是否有决心真心诚意地赎罪，这就够了。你和绵贯的协议，终归不必认真遵守，总之，我在那个男人面前发了誓，不会和你离婚。想想，在这件事上我也有疏忽，绵贯说，我作为丈夫懈怠了监督之责，绵贯的说辞也有一定道理，光子的家人如果对我们提出抱怨，我觉得首先是我要双手扶地低下头来向人家谢罪。发生了这种事情，是我们夫妻共同的责任。再说了，如果上了报纸，我们怎么向你父母交代啊。这件事如果是一般意义上的恋爱或者三角关系的话，还有得商量，也有可能引发同情，但是这份协议上写的内容，无论谁看了，都只能认为你们疯了。唉，我这么想也许是袒护自己人，听了你的一番话，我知道这件事原本是绵贯这家伙引起的，真正的恶人就是他一人。你也好，光子也好，如果没有和那种男人扯上的话，绝对不会发生这样的事。德光先生全家如果知道了这件事，会怎么想呢？我一直以为光子不是什么好人，是个不良少女，给你带来很不好的影响。但设身处地为她父母着想的话，把绵贯这个男人大卸八块都不够解气，自家引以为傲的闺女却被绵贯那家伙盯上了，比起我的情况更是不幸啊……"

丈夫知道我脾气容易激动，不能碰触到我发脾气的神经，他努力地晓之以理，更多地动之以情。虽然我也看穿了这是他的一种手段，但是当他说出父母的心情，尤其是光子的情况，那种怜悯之情溢于言表，和我自己内心的感受是一样的，我不禁感到悲从中来，听着听着眼里噙满了泪水。丈夫盯着我脸颊上晶莹的泪水，问道：

"你说对不对？光哭是没有用的，你要好好想清楚，这次一定要把你真实的想法告诉我。如果你非得离家出走，我也没办法。告诉你我的心里话，我觉得最可恨的只有那个男人，你和光子都被他害苦了。就算我和你到了必须离婚的地步，你继续着现在的所作所为，但在我的内心里，永远都会留下一份怜悯之情，我也必定会长期受到痛苦的折磨。而你呢，也绝不可能和光子结婚的，对不对？你即使离开了我的监护，世人也不会一直放任你们。所以，你该怎么做？是让更多的人为你担心，自己在羞耻中被强制结束关系，还是防患于未然，即刻悔过自新呢？何去何从就看你自己的心意了。"

"可是我……事情变成这样是我的报应……我以死向你谢罪！"

丈夫吓得跳了起来，我哇的一声哭起来，趴在了桌上……

"反正我成了这样，当然谁都不会管了，活着也没脸见人了，所以……让我去死吧，我这种扶不起的人不值得你留恋……"

"……谁说不管你了？要是不管你了，我就不会这么苦口婆心地劝你了，对不对？"

"我谢谢您的良苦用心，可是事到如今，我只顾着自己改邪归正，却不顾光子的好歹，那她会多难受呢？……您不是也说了吗，光子是最可怜的，对不对？"

"我刚才这么说正是想把你们救出来呀……好了，你先听好，你的想法大错而特错，按照你的意思来办，无论奉献出多么伟大的爱情都无济于事，解绝不了光子的困境。我并不是只为你担心，我也要前往德光先生的家里，去讲清楚缘由，提醒他们严密监督，不要让光子靠近那个男人，也要向他们请求，让光子回避与你的交往。我认为这是我的义务。只有这样才是为光子着想，对不对？"

"如果照您说的来做，光子会比我死得还快……"

"为什么？为什么要死啊？"

"不管为什么她都会死……在这之前她一直都在说'想死想死'的，我好不容易劝阻了她……所以，我也和她一起去死吧。以死来向世人谢罪！"

"别说蠢话了！你要是这么做，会给我和你父母带来多大麻烦，这哪里是谢罪呀！"

二十八

　　不管丈夫说什么我一概不听，只跟他说"不，我要死，让我去死吧"，一直趴在桌子上，像个不听话的孩子，哭个不停。这种时候，我一筹莫展，只有说"不活了"才是最有效的对策……我头脑中想的只有一件事，就是今后怎样才能像以往那样去见光子。说实话，我最怕的就是丈夫提出离婚。既然他已经知道这么多了，就得让他认可我和光子的关系，如果他能同意，我会珍惜夫妻关系，努力营造家庭的幸福美满。不管绵贯那家伙怎么捣乱，那份成为证据的协议书已经在我们手上了，那种男人巧舌如簧，没人会相信他。即便以后光子嫁人了，我俩也还是正经家庭里的太太，关系再亲密，谁又能论长道短呢？不仅和之前没有任何变化，而且还会比以前更加和睦。比起无端地把事情闹大不知要好多少倍。丈夫最担心我做出不计后果的鲁莽事，他心里比我还要害怕离婚，他是那种多一事不如少一事的人，这一点我很清楚。所以我就故意甩话给他，"这么束手束脚的话，我就真的要离家出走了"，然后就准备提出条件。

我基本上打定了主意，不管消耗多少天，一定要让他听从我的意思。为了尽量不引起他的反感，不管他说什么我都乖乖地不说话。眼泪汪汪，却好似掩藏着坚定的决心。我的这种沉静不语，更加让丈夫感到恐慌。

那天晚上终于熬到天亮，丈夫一夜没睡，一直陪在我身边，就连去厕所他都跟着我。就这样，第二天事务所休业一整天，饭食也让用人端到二楼来，两人一直对视着，丈夫观察着我的脸色，他说：

"这样下去身体会吃不消的，你睡一会儿吧，清醒清醒头脑，再好好想想，希望你回心转意。"又说："总之，咱们说好，别去想死呀离家出走呀这些事。"我只是沉默不语，一个劲儿地表示"不愿意"，心里却想，到了这一步，事情也就差不多了。

又过了一天，第三天的早上，丈夫有公务，必须去事务所办公一两个小时。他让我发誓，在他出门在外时，绝对不能外出，也不能打电话，否则就带着我一起去大阪的事务所。我说：

"我不放心你一个人出门，我要跟你去。"

"你担心什么呀？"丈夫说。

"你要是背着我，去德光先生家里告状的话，那才让我没法活了呢。"

"在没有得到你同意的情况下，我绝对不会突然擅自做出这种事来。我要是对此发誓的话,你也能给我发个誓吗?"

于是,我也向丈夫表示:

"只要你保证不做居心不良的事,在你出门时,我也会好好地等你回来,你就放心去工作吧。在这段时间里,我也休息一会儿。"

大概在九点左右,丈夫出门了。我在床上躺了一会儿,可是莫名其妙地感到兴奋,根本无法入睡。丈夫在到达大阪后,立刻打来电话,然后每隔三十分钟左右就打来一通电话,所以,我莫名地就是感到心里发慌。我在房间里走来走去、想东想西,突然想到,我们夫妻俩每天像这样继续较量耐性的话,保不准绵贯又会鼓捣出什么样的坏事呢。而光子那边,前天就那样匆匆地分手了,之后她会怎么想呢?昨天她大概等了一整天吧。我只是在嘴上说"要去死、不活了",起不到威胁的作用,所以,不如尽快了断此事,但也不能搞出太大动静。我考虑着,我和光子先逃到一个近处的地方,比如奈良或者京都?然后,我再拜托小梅,让她故作惊吓地跑去丈夫那里,告诉他"现在府上夫人和我家小姐不知逃到哪里去了。如果让小姐家里知道可就糟了,请您快点把她们找回来吧!"然后,就在我们的生死关头,让小梅把丈夫带来……如果要实施这个计划,错过了今天就没机会了……我这么盘算了一番,但又出不了门,就打电话叫光子过来,我说:

"具体情况,咱们见面后再说,事情紧急,希望你赶快到我家来一趟。"

为了防止消息泄露，我叮嘱家里的女佣们说：

"你们都不许告诉先生。"

之后，等了大约二十分钟，光子来了。

丈夫的电话只要不断打来，就可以确定他还在大阪，反倒可以放心。万一他突然回来，就让光子从后门出去。我便安排好，先把光子的阳伞和草屐放到院子那边，以备逃走之时方便。

我俩在楼下的客厅见面。光子由于担心而面色苍白，只是昨天一天没见面，光子一下就憔悴了很多。听了我的讲述，她已满眼噙泪，她说：

"那么自那以后，阿姐也经历了同样的情形啊。"

她也是从前天傍晚之后，一直到昨天都在遭受绵贯的凶狠折磨。绵贯对她说：

"因为你和阿姐联手同谋，想要欺骗我，所以，我也钻了你们的空子搞了一手。前几天，我去了今桥的事务所，把阿姐的事情全部抖搂给了柿内先生，所以他才会去笠屋街查看究竟。既然阿姐被他带回家了，你就是再等，阿姐也不会来了。"

二十九

说了这番话之后，绵贯又说：

"我和阿姐签订协议书的事，你也是略有所知的吧。不过，那个东西已经成了废纸，我把它作为证据留在了今桥，这里是一张收据。"说着绵贯从怀里掏出收据来给光子看。

"你看，上面是这样写的——本人有责任监督内人不要做出有悖于为妻之道的行为……"他逐条逐句地读给光子听，而且还把对他自己不利的补充条款那部分用手遮挡住，读完他继续说：

"既然柿内先生把那份协议拿走了，阿姐那里就不用担心了，你也给我写份保证书吧。"绵贯一边说一边又从怀里掏出个文案似的东西给光子看。光子拿过来一看，上面写着：光子要和绵贯永结同心；誓死与绵贯终身相守；如背弃誓约将会如何如何等等。里里外外都是他自己的如意算盘。

"可以的话，就请你在这里签字画押。"

光子一口回绝了他，说：

"不签，我讨厌这种事情。没人像你这样，动不动就让人写保证的，写了保证你就以此来要挟、恐吓别人，对不对？"

"只要你不变心，就没理由害怕，对不对？"

绵贯说完，就想强迫光子拿笔签字，光子说：

"这又不是钱款的借贷，你觉得用字据凭证，就可以捆绑人心的吗？你大概还别有用意吧？"

"你不愿意签字画押，正是存着变心的意图吧。"

"哼，无论签多少字，将来的事谁都无法预料。"

"你这么跟我作对，我会给你好看。就算你不签字，我想逼你签也容易，我掌握的材料要多少有多少。"说着，他从钱夹里拿出一枚小照片给光子看。这太让人震惊了！原来这张照片就是丈夫从绵贯手里要来的那份协议书的照片，前两天他在拿去今桥之前，事先拍了照片存好。绵贯说：

"也许柿内先生根本就不打算返还那份协议，但是我可不是那种受骗上当的主。这张照片和那张存放收据，我把这两样东西亮给报社记者看的话，他们一定会急着买下吧。要是把我逼急了，料不准我会干出什么事来。我跟你这么说吧，凡事你都得听我的，否则，你的将来就是前途无望。"

"听听你自己说的话，你不就是这么卑鄙吗？我也做好了思想准备，既然你有这些材料，也别再折磨我了，你卖给哪家报社都随你的便。"

两人吵完，不欢而散。光子为了不让绵贯看到自己的软弱，今天就没去笠屋街。她想先观察一下动向，再决定下一步怎么办，所以她接到我的电话后，立刻就飞奔而来和我见面。

绵贯一旦看清自己将要走投无路，难免不会来个鱼死网破，如果变成这种局势，我们就更要把丈夫拉到自己的阵营里来对付他。所以，我俩下一步就决定实施我的计策，光子说：

"如果计划逃到附近的某个地方，可以考虑我们家在滨寺的别墅。"

那里今年只有一对夫妇在看管，如果光子跟家里说去海里游游泳就回来，这样带着小梅一起去，在那里住个四五天，家里一点都不会担心。那么我呢，悄悄从这里溜出家门，在难波车站与光子碰头。三人在到达滨寺的时候，丈夫才会发现我离家出走了，第一时间他肯定会给光子的家里打电话，立刻就能知道我们的所在，再给滨寺这边打来电话。那时，叫小梅接电话，告诉丈夫说："现在夫人和我家小姐刚刚吃了药，两人昏迷不醒。她们还写好了遗书，肯定是有准备的自杀。我正要给小姐的府上和您那里打电话的，请您马上过来吧。"

这样一说，丈夫肯定会惊慌失措地飞奔而来。

——小梅的口信传达也是一项重任，更重要的是，要让丈夫看到我俩昏迷的样子。无论演技多么高超，都必须真的吞下药物，还要达到让医生诊断对生命不会造成危险、安静地休养两三天即可恢复健康的程度。但我们也没把握，该吞下多少分量的药物合适，不过按照通常使用拜耳的药剂量来吞咽的话，应该不会有危险。光子说：

"听说如果是小药片，吞下一盒也不会要命的，按照那个分量再少一点的话就没问题。只要和阿姐在一起，即使弄巧成拙丢掉了性命，我也在所不惜。"

"嗯，那当然，我也不在乎。"

我又嘱咐小梅，等丈夫过来后这样跟他说：

"您都看到了，她们还昏迷着呢，不过医生说了，绝对不用担心，已经差不多神志清醒了，她们时不时会睁开眼睛。本来应该通知小姐的家里，可是，如果向家里禀报，小姐会被家里训斥。夫人也怕被您骂，不让我打电话。请您也替我保密吧。反正今晚您也回不去了，您就耐心地守候在这里，就当是来此游玩了一趟，好吧？等夫人的情形好了再说。"

这么着过上两三天，我俩一直躺着，时而说说胡话，时而睁开眼睛，假装哭泣，其间再由小梅跟他说些好话："您就随了她们的心愿吧，我觉得这样才能救她俩的命。"这么一说，丈夫再强硬也没辙，就会答应的吧。光子问：

"那么，咱们哪天行动？"

"别问哪天了，我现在就像坐牢一样，除了今天没有别的机会了。"

"我也想早点行动，省得绵贯又来说东道西的。"

就在我俩商量的过程中，丈夫不断打来电话，这种情况下，我们根本没有逃走的时机，就算出逃了，还没走到滨寺就会被人发现。中途要想不被人抓到，少则起码也得有两三个小时的缓冲时间才行。最开始我考虑的是，事先我叮嘱家里的女佣说"午休我要一直睡到傍晚，不许叫醒我"，再打电话跟丈夫说好，别打电话吵我，然后我在卧室里面关好门锁，再从窗户跳下去逃走。但是，屋外是洋式房屋的白色墙壁，没有可以下脚的地方，而且窗外面临着海滨浴场，前来游泳的人很多，人多眼杂，也不方便行动。所以，我俩又重新商量，干脆这两三天老老实实地待在家里，等丈夫和家人大意了，再装作出门游泳的模样，顺势出逃。就在丈夫出门时，我先打好招呼，说："每天这样关在家里，就跟个病人似的，让我去海里游个泳总是可以的吧，答应我吧。我只穿一件泳衣，哪儿也不去，就在前面的海滨待着。"然后就真的只穿泳衣前往海滨。同时，让小梅拿着光子的衣服等在海滨那里，和小梅接上头，我立刻换上。衣服准备好西式的连衣裙，可以直接套穿在泳衣外面，帽子也要那种帽檐儿拉下来可以遮挡面部的。海滨那里人头攒动，不容易被人发现，穿西式服装，就算被人看见，大概也不会认出是我，因为最近我极少穿西装。我们碰头的时间，定在十点到十二点之间——这个时间段里，丈夫肯定去了大阪。只要不下雨，从今天算起第三天行动，那天如果没走了，就接着第四天、第五天，让小梅每天都来。这番商量之后，我们又有了好主意，光子在第二天左右，先行一步到滨寺去。这样的话，在丈夫打电话询问光子家里时，府上就会有人告诉他"光子昨天就去了别墅"，然后他再把电话打到别墅，光子就可以亲自接听他的电话，跟丈夫说："阿姐不知道我到这边来游泳，所以阿姐不可能来这里。"他会想，我没逃到远处，也许是死在海里了，首先他会去海上搜寻的吧。然后到了差不多的时候，再由小梅告诉他："其实我刚刚见到夫人了，一不留心就出了大事……"这项计谋从时间上算起来，被家人发现需要一个半小时或两小时；然后通报给大阪的丈夫，丈夫打询问的电话，再回到香槟园的家，大致一个小时；再到海上搜寻，向邻里询问等等，再用去一两个小时；丈夫从接到小梅通知，再从香槟园奔到滨寺别墅，需要一小时二十或三十分钟——前后加起来，我们有五六个小时的宽裕，如果要实施计划，恰好有时间准备。只是辛苦了小梅，头一天要跟着光子去滨寺，第二天还要从那里出发，赶在十点以前特意来到香槟园，在最热的时候，守候在海岸上一两个小时。而且，万一搞不好就白等了，之后的第二天、第三天还得来等我。不过，光子说：

"要让小梅做的话，她一定愿意为我们付出的，她喜欢做这些事。"

我俩定好了一切步骤，滴水不漏，最后互相打气说：

"加油，一切顺利！"

光子大概在一点左右回去了，她前脚刚走，丈夫后脚就回来了。

"今天没有实施计划，真是太好了！"我暗自庆幸着。

三十

　　……就在我们商量好的第三天，我实施了出走计划，天气
状况和时间条件都和事先预计的完全吻合。我在十点刚过就穿
上了泳衣出门，看见小梅后给她递了个眼神，两人也不搭话，
在海滨跑了七八百米。停下来后，我套上印花的巴里纱衣服，
接过里面装有十块钱的手提包，撑起阳伞遮挡住面部，再和小
梅分头各自快速来到国道边，很幸运正好来了出租车，坐上出
租车一口气到了难波，这样在十一点半之前，我已经来到别
墅。半个小时之后，小梅才赶到，小梅说：

　　"您真是快啊。这次真是太顺利了！来吧，赶紧吧，不抓
紧时间磨磨蹭蹭地，电话就来了。"

　　小梅像赶着我俩似的，让我俩去了叫作"什么庵"的房屋
里。那座房屋是葛草屋顶，与主屋有些距离。进到屋里，床头
枕边已经准备好了药物和饮用水，我穿上单衣和服，换下西
装，和光子俩人相对而坐，觉得这或许是我们最后一眼看看这
个世界了，会不会真的死掉呢？我对光子说：

"万一弄巧成拙丢了性命，阿光也跟我一起死吗？"

"阿姐也一样，会和我一起死的吧。"

光子说完，我俩互相拥抱，泪流满面。这时，光子拿出了两封信，一封是写给父母的，另一封是写给我丈夫的，她说："阿姐，您看一下吧。"

我也拿出了写好的东西，和光子互相交换看着对方的书信。我俩的信真的像在写遗书，尤其是光子写给我丈夫的字句："我把您心爱的妻子一起带走了，说一千道一万都是对不住您。您就当这是命运的安排而放手吧。"她这么写，是为了打动丈夫的心，如果丈夫读到这些话，一定会忘掉心中的怨恨。读着这些信，连我们自己都当真了，觉得赴死是我们唯一要做的事。

大概在一小时后，吧嗒吧嗒响起了一阵木屐声，小梅跑了进来，说：

"小姐！小姐！刚才终于从今桥打来电话了。再打来的话，小姐您接一下吧。"

光子慌里慌张地跑去接电话，回来后对我说：

"到这一步，一切都很顺利。来吧，不能再磨蹭了。"

我俩彼此握了握对方颤抖的手，再次惜别，然后把药吞了下去。

大概过去了半天，我们完全失去了意识。那天晚上八点左右，我还时不时睁开眼睛四下里张望，之后的事，都是后来听说的了。接下来的两三天里，我已经没有一丝清晰的记忆了……只是觉得，脑袋被人摁住了似的，胸口难受，恶心得想吐，映入眼帘的，似乎是丈夫守候在枕边的身影和乱糟糟的一些幻影，总之，这期间做了无数个梦。我、丈夫、光子、小梅，我们四个人出门在某处旅行，一起下榻在旅馆的一间只有六铺席大小的客房里，房间里挂有蚊帐，在同一顶蚊帐里，我和光子睡在中间，丈夫和小梅睡在两边……这幅光景好像是梦境中的一个场景，模模糊糊地留在记忆中。但是回想到房间的样式，应该是把真实情景交织到梦中了。事后加以询问，原来是夜深以后，我被转移到隔壁的房间去了，光子睁眼之后，一直说胡话，不停地在喊："阿姐、阿姐，阿姐在吗？你们把我的阿姐还给我！还给我！"边喊边扑簌簌地流泪，没办法，他们就让我俩睡在一起，这就变成了我梦中旅馆的客房了。另外，我还做了各种各样奇特的梦，下面这个梦也是在旅馆一样的地方：我正在午休，听见旁边绵贯和光子在轻声说着悄悄话："阿姐真的睡着了吗？""可不能把她吵醒了。"我在迷迷糊糊中听着他俩的窃窃私语，只能零零星星地听到一些，这到底是在哪里呢？！一定是在老地方笠屋街的那家旅馆，正好我是背对着他们睡的，看不见两人的模样，但尽管看不见，我能知道是他们。我还是被他们骗了，只有我自己吃了药，成了这种样子。其间我还听到光子在呼唤绵贯，唉，真是令人气愤，我真想立刻跳起来，撕下他们两人的脸皮！心里这么想，挣扎着要爬起来，身体却不由自主。想说话，越是拼命发声，舌头越是僵硬，连眼皮也睁不开，唉，真是恼火，就在我想着该怎么办的过程中，又陷入迷迷糊糊中……然而，说话声音一直在耳边响了很久，很奇怪，那个男人的声音不是绵贯，却变成了丈夫的声音……丈夫为什么会在这里呢？丈夫竟然和光子那么亲近！光子说：

"阿姐会生气的吧？"

"哪里，园子也是这么希望的吧。"丈夫说。

"那么，我们仨一起好好相处下去吧。"

说话声断断续续地传进我的耳朵里，现在想想也还是不明白，他们两人真的有过谈话吗？还是我在梦中想象出来的情景呢？……这个嘛……如果只有这么一个场景的话，我可以打消自己的猜疑，不可能发生这样的事，都是幻觉。可是，除了那些窃窃私语的说话声音之外，还有其他场景，在我记忆的深处难以忘却……那个场景，起初我也觉得是荒唐无聊的梦境，但是随着药效的减退，意识清晰起来后，其他梦境都渐渐消失了，却只有那个场景反而深深地烙在了脑海中，变得令我无法置疑了。

我和光子吞下的药量是一样的，但我却昏睡了很长时间。他们说这是因为那天光子在十一点左右连早饭带午饭一起，吃得肚子饱饱的，而我连早饭都没好好吃就奔出家门，路上辗转颠簸，所以胃里空空的，药物吞下去就完全被吸收了。在我还处在半梦半醒的迷境中时，光子把吃的药全部吐出来了，因而有幸意识恢复得比我快很多。然而，有关后来的事情，光子说：

"我在无意识之中弄错了，把身边的人当成阿姐了。"

如果她说的是真的，那么罪责是在丈夫一方了。可是听了丈夫的坦白，说是第二天过了中午，小梅去了堂屋那边，丈夫一边看着我睡觉，一边用团扇驱赶苍蝇，这时光子似乎睡得迷迷糊糊，叫着"阿姐"就向我这边靠过来，丈夫怕她吵醒我，就把光子抱开，再把歪斜了的枕头帮她摆正、帮她盖好被子……就这样，他觉得反正睡着了，不知不觉就大意起来了。可是当他意识到的时候，已到了不能自拔的地步。总之，丈夫在这些事上毫无经验，像个孩子一样单纯，我相信丈夫说的都是真的。

三十一

　　唉，这种事情，谁先谁后，再怎么盘问也没有意义。可是一旦犯下错误，尽管丈夫心里觉得对不住我，却仍在重复同样的错误。但也不能说全是丈夫的责任，从我这里来说，情有可原。因为之前我也多次说过，丈夫和我在生理上不合，我总是向外寻求爱的对象，丈夫在无意识中肯定也在寻求爱的对象。可他不像其他男人那样懂得去找艺妓寻欢作乐，或饮酒解闷，以此来弥补欠缺和不足。结果，正因为他不懂得风月情场之事，才更容易陷入诱惑之中，一旦受到诱惑，就会像决堤的洪水那样，盲目的热情燃烧起来，将意志力和理性的力量碾得粉碎。丈夫沉醉其中比光子要热烈十倍、二十倍。因此，丈夫心境的变化，大体上我能够体谅，但是，光子究竟是什么用意？这种事，真的是在半梦半醒的迷梦中做的吗？是当时一点点的冲动造成的呢？还是带有明确的目的呢？——总之，她放弃了绵贯，以我的丈夫取而代之，挑起丈夫和我之间的嫉妒，以便她随心所欲地操纵我们夫妻两人，是不是？反正她天生的禀性就是希望崇拜她的人齐聚在她的石榴裙下，越多越好，莫不是她的恶习又复发了？还是说，就像她说的那样，"当自己意识到的时候，觉得做了对不起阿姐的事，不过木已成舟，这样有利于让他成为咱们的盟友"，这是将丈夫拉入自己团队的手段呢？总之太复杂了，我搞不懂这种玩弄连环计的人是什么心理，可能是多种动机加上一时冲动导致了这个结果吧。

直到后来，我才听到他们两人的坦白。刚开始这件事我没往深处想，只是躺在那里，迷迷糊糊觉得自己"遭到背叛了"。小梅来到我枕边跟我说：

"夫人，您就放心吧，先生做什么都听您的。"

听到这话时，我喜忧参半，可也没多少高兴劲儿。他们两人隐隐约约也意识到我的疑虑。

第三天晚上，医生说："可以起来了，已经不碍事了。"

第四天早上，我们离开了滨寺，那时光子还在跟我说：

"阿姐，你不用担心。具体情况等我明天去了你那里，咱们再商量啊。"

她嘴上这么说，面上露出愧疚之色，态度却有种说不出的疏远和冷淡。丈夫这边也不知怎么回事，好像是和光子商量好了似的，把我带回香枦园后，立刻就说："堆了好多工作，我马上去一下事务所。"说完转身就出门了，晚上过了八点回来后也只是说"我吃过晚饭回来的"，好像很怕跟我搭话似的。

我很清楚，丈夫不是那种骗了人而能够满不在乎的人，所以，我觉得他很快就会向我坦白，我就使劲为难他，自己竭力地佯装不知。一到时间，我就立刻先去睡了，这么一来，丈夫就显得更加沉不住气了，到了十二点，他还是辗转反侧难以入眠，时而还眯缝着眼睛，悄声静气地注视着我，观察着我睡眠中的鼻息，即使在黑暗中我也能感觉到。又过了一会儿，丈夫抓住我的手说：

"喂，身体怎么样了？还好吧？头完全不疼了吧？你要是还没睡着，我想跟你说几句。那个……你都知道了吧？……请你原谅我吧！就当这是命运的安排而饶恕我吧。"

"嗯，这么说不是我的梦境，全都是真的喽……"

"请你原谅，啊，请你说一句原谅我，好吗？"

听到丈夫这么说，我只是抽抽搭搭地哭泣，丈夫抚摩着我的肩头，像是一种安慰，他说：

"我也想把那事当成一场梦……当成一场噩梦而想彻底忘记……但是，想忘又忘不了。我第一次懂得了恋爱的滋味。现在我也能够理解你，为什么那么迷恋她。你总是说我没有激情，可是，我也是有激情的。我原谅你，你也原谅我好吗？"

"你说这些话，是想报复我吧。现在你和她一起联手，想让我孤立无援……"

"别瞎扯好不好？我是那么卑鄙的男人吗？我现在已经理解了你的心情，为什么又要让你伤心呢？"

丈夫今天从事务所回家的路上，也和光子见了面，谈了话。他说只要我同意，其余的事都由他来承担，绵贯那边的事也完全不用担心，他会处理好。光子明天会到家里来，可又怕见到我会尴尬，所以她对丈夫说："还是由你代我向阿姐道歉吧。"

丈夫说他可不像绵贯那样不讲信用，所以，我能对绵贯给予宽容的事，对他也给予宽容就好。这话说的倒也是，丈夫不会做出扯谎之类的事，我担心的是光子。用丈夫自己的话来说，就是"我和绵贯不一样，所以没问题"，但是，换作我的立场来说，那个"不一样"，正是我担心的根源。再怎么说，光子也是第一次知道什么是真正的男人，正因为这点，比起以往她兴许会更加认真，即使为此抛弃我，也有正当的理由："自然的爱情比不自然的感情更可贵"，而且良心的苛责也很轻微，对吧……如果光子向丈夫摆出这种理由的话，丈夫也不能说请你做另外的选择吧，说不定被光子左一句、右一句地说服了，最后也保不准会对我提出"希望你让我和光子结婚"的话来。总有一天他会说："我和你成为夫妻，就是一个错误。夫妻生活不和谐，一直这样下去，是我们彼此的不幸，所以我觉得还是离婚好。"

会有这一天的吧？如果他提出来了，整天把"恋爱自由"挂在嘴上的我，是说不出"不行"两个字的。而且，世人也会认为，对于我这样离经叛道的人，丈夫提出离婚也是理所当然的吧。任我再怎么想，总觉得将来一定是那种命运。目前的情形是，如果我不答应丈夫的请求，那么，从明天开始我也就见不到光子了，我对丈夫说：

"并不是对你不信任，可是我总是莫名地有一种悲伤的预感。”说完就抽抽搭搭不停地哭泣。

　　“怎么会有这么荒唐的事呢？都是你自己的胡思乱想。我们三人中，如果有一人不幸福，那么我们仨就一起死，好不好？”丈夫说着也哭了起来，我俩一直哭到天亮。

三十二

　　从第二天开始，丈夫为了获得光子家里的谅解和解决绵贯的问题四处奔走。他首先拜访了德光府上，要求面会光子的母亲，他的开场白是这样的："我是贵府令爱的好友园子的丈夫，令爱有事委托于我。实不相瞒，令爱被不怀好意的男人盯上了……"接着表示，虽说那个男人是怎样怎样的一个人，但令爱的贞操并没有被毁，然而那家伙极其卑劣，到处散布谣言说，令爱怀上了他的孩子、令爱和我的妻子是同性恋等等，还强迫她们画押写字据，所以也许很快他会到府上来闹事。贵府绝对不可听信。令爱之身纯洁无瑕，这一点我比任何人都清楚明白，尤其是她和我妻子的交往，也不是那种丑恶之事，我作为丈夫可以证明这一点。站在朋友的立场上，即使没有受光子小姐委托，我也觉得必须站出来做点什么。所以，希望贵府能把这个问题全权交由我来解决。令爱的人身安全也由我来负责。假如那个男人来府上说事，就跟他说"请你去今桥的事务所谈吧"，请不要直接和他见面。

我的丈夫，一个几乎不会说谎的人，为了恋情竟然会如此行事！他的巧言妙语说服了光子的母亲。之后丈夫去了绵贯那里，最终用金钱解决了问题。绵贯曾经威胁说要卖给报社的协议书照片、底版，还有丈夫写给他的收据，凡是能成为证据的东西，全部拿回来了。这些事都在两三天之内，干脆利落地处理完了。可是，丈夫全力以赴地对付此事，那个绵贯却轻易地收手了，这让我和光子感到有些摸不清，虽然我们把照片的底版都烧了，但也许他手里还有复制品，还在谋划着什么。我问：

　　"你给了绵贯多少钱？"

　　"他要一千日元，我给了他五百。别担心，那家伙玩把戏的筹码，全在我手里攥着呢。就是因为再也威胁不了我们了，才给的钱。"丈夫彻底放心了。

　　一切都是按照我们先前的计划进展的，只有小梅一人运气不佳，抽到了坏签，她被主人训斥道：

　　"你整天跟在小姐身边，发生那么大的事，却不及时向主人报告，有你这样做事的吗？"

　　小梅被解雇了，她恨透了我们——我们让她付出了那么大的辛劳，却没有为她多考虑一点，再怎么说都是我们考虑不周，所以在她离开时，我们给她买了很多东西来讨好她。可是做梦也没想到，后来这个小梅却对我们进行了报复。

　　丈夫对光子的家人说"已经没事了，请放心吧"，之后光子的父亲特意来到事务所表达谢意。她的母亲也来到我的面前说："您瞧瞧，光子她就是那么个任性的家伙，就请您把她当作亲妹妹来照顾吧。那孩子只要是到您的府上来，家里就放心了。不管她想去哪里，如果没有您一起陪着，我们就不放她出门。"

至此我们获得了光子家里完全的信任，光子每天就大大方方来我家玩儿，一起跟来的女佣不再是小梅了，取而代之的是阿咲，光子偶尔在我家过夜，她母亲也不会说什么。

如此一来，对外的一切关系都理顺了，然而内部的关系，彼此间的猜忌却比和绵贯缠斗时更加深了一步。地狱般的痛苦一天天地在加重。其中有着各种各样的缘由，之前我们有笠屋街那个方便的地方，可是现在没有了，即便还可以去，也不能撇下一人，另外两人出门赴约。最后我们除了待在家里之外，别无选择，这样一来，不是我打扰了丈夫，就是丈夫打扰了我，只能让自己尽量不要在意。在这一点上，尤其是光子，临出门前总是要先告诉今桥那里"现在我就去香栌园"，然后，丈夫立刻就回家来了。因为我们彼此约定好不能有隐瞒，光子告诉他，也是没办法的事。可是既然如此，上午再早点过来就好了，但她每次大概都是在两点或三点左右才来，我俩能单独在一起的时间，少之又少。而丈夫一旦接到光子的电话，就会放下手头的工作，飞奔回来，我跟他说：

"你干吗要这么急匆匆地赶回来呢？我连一点聊天的时间都没有。"

丈夫不是说"我想让你们多聊一会儿来着，可是事务所那边闲着没事，我就回来了"，就是说"不在你们身边单是想象，心里总是焦躁不安的，同在一个屋檐下才会感到放心，要是觉得我碍事，我可以去楼下"，或者说"你俩有时间单独相处，可是我却完全没有，你也体谅体谅我才好啊"。

渐渐地我追问得紧了，丈夫跟我说："其实阿光生气地问过我'给你打了电话，为什么不早点回来？！还是阿姐对我有诚意得多'。"我搞不清光子的吃醋到底有几分是认真，又有几分是耍花招，而且看起来实在有些癫狂。比方说，我要是对丈夫叫了一声"老公"，她就满眼含泪，说："现在你俩也不是夫妻了，还把他叫'老公'，这可不行。"有外人在场就另当别论了。我们自己在一起的时候，还有其他称呼，她希望我称呼丈夫为"孝太郎"或"阿孝"，还要求丈夫不要叫我"园子"或"老婆"，而必须叫"园子夫人"或"阿姐"。这些还都好说，更疯狂的是，她拿来安眠药和葡萄酒说："你俩喝下这个睡下吧，我要看到你俩睡着了再走。"

起初我以为她在开玩笑，结果蛮不是那么回事。她说"这是我让人配制的特效药"，然后拿出两包药粉，放在丈夫和我面前，竟然对我们说："你俩如果发誓对我忠实，就请喝下这个来作证吧。"

可是，这药粉里面是不是放了毒呢？喝下去会不会只有我自己永远地睡过去呢？刚意识到这一点，我吓了一跳，听到光子的催促声，"快喝！快喝！"，我就感到更加可疑了。我一直盯着光子的脸看着她，丈夫似乎也被同样的恐惧袭击到了，他把白色的药粉放在手上，好像是在和我手上的药粉颜色进行对比，然后盯着光子看看，再盯着我看看，就这么来回打探着。于是光子着急了，她说："为什么不喝？你们为什么不喝呢？哦，我明白了，你俩一直在欺骗我啊！"她颤着身子哭起来。没办法，我只好豁出去了，怀着送死的决心，拿着药包送到嘴边，默默盯着我的丈夫突然叫了一声"园子！"，他就抓住我的手说：

"喂，你等等！这样喝下去，不知道咱俩会怎么样，就是碰运气了。我们把药粉换一下，好不好？"

"嗯，好吧。那么咱俩喊'一、二、三'就一起喝吧。"

最后就这么喝下去了。

三十三

　　光子的这个计谋很有效。我和丈夫彼此猜疑、互相嫉妒，是那么地强烈。每晚她都给我俩灌药，每次我都怀疑，是不是只有我自己被灌倒睡下了呢？丈夫会不会吞下假药而装出睡着的样子呢？想到这些，我就想假装吃药，然后把药丢掉。可是光子为了不被人糊弄，会一直盯着我们手上的药物。但她仍旧不放心，最后说"我来喂你们吧"，她就站在两张床铺之间，为了不让我和丈夫互相嫉妒，她两手同时拿着药粉，让我俩仰卧着，"啊"地张开嘴，把药粉全部倒进我们嘴里。您知道有那种给病人喂水的长壶嘴吗？她再次给我们喂药时，就准备了两把那种容器，两手各拿一把，不分先后，差不多同时慢慢地给两人喂水。她还说"多喝水会更有效"，她在容器中加上两三次水，再灌给我们喝下去。我极力想多做一些起身或假装睡着的动作，但是光子却不允许我们翻身或侧卧。她说她要正好看到面部，希望我们仰卧着，然后她就坐在两张床之间，目不转睛地监督着我们，观察我俩睡眠中的呼吸，或让我们眨眨眼睛，或把手放在我们胸前查看心跳，等等，她在我们身上做着各种各样的测试，直到我们真正进入睡眠，她才离开。事已至此，即使她不这么做，我们如何还能有夫妻生活呢？丈夫和我都彼此放手了，连摸摸手都不想，世上再没有比我们更安全的男女了。可是光子却说："反正只要你们睡在一个房间里，我就让你们吃药"。药效渐渐不灵了，她就加大药量或重新调配药剂。那种浓烈的药味儿，直到一觉醒来都有残留。早上在床上睁开眼睛时，非常难受，后脑麻木，手脚疲惫无力，像脱落了似的不听使唤，胸口恶心得想吐，连起床的力气也没有。丈夫也一样，气色像个病人，面色苍白，口中黏糊糊的、还残留着药物的味道，他叹口气说："这样下去，也许真的就要中毒死掉了。"

看到他这种模样，我就想，这么说丈夫也是真的被喂药了，反而觉得放心了。但是当疑念重新冒出来的时候，还是觉得像是一种骗局。我问丈夫：

"哎，为什么她每晚都要求我俩必须吃药呢？"

丈夫虽然一向坦诚，此时也疑虑颇深地盯着我看，他也问：

"为什么呢？"

"她不是明明知道让我俩睡下就不用担心了吗？她还有别的目的吧。"

"什么目的？你知道吗？"

"我不知道，你是知道的吧？"

"我可不知道，你才应该知道的吧"

"我俩这样互相猜疑的话，就会没完没了。但是，我总觉得只有我自己被灌药睡倒。"

"我也是一样的感觉啊。"

"这么说滨寺那件事，她也是这么做的吗？"

"正因为有那件事，我才觉得这次该轮到我了。"

"光子离开的时候，你真的睡着了吗？希望你告诉我实话。"

"睡着了，你呢？"

"被人灌下去那么强效的药物，就是想醒着也醒不过来呀。"

"哦，这么说，你也的确吃了药，是吧？"

"当然啦，你瞧瞧我这张苍白的脸吧。"

"你也瞧瞧我的脸吧。"

就这么交谈着，到了早上八点左右，光子一定会打来电话，说：

"好了，你们该起床了。"

丈夫揉着昏昏欲睡的双眼被叫起床，很无奈地去事务所上班。就算有时实在困倦得受不了也得起来，因为光子对我们说：

"一旦过了八点，你们就不要在卧室里待着了。"

所以，我就得下楼到套廊上的藤椅上或别处睡下。这样，我睡到几点都可以。可是丈夫呢，他的疲惫不同寻常，人到了事务所，头脑却不管用。他自己也想多休息会儿，可休息得多了，光子就会说"你就是想待在阿姐的身边"，所以一般情况下，不管有没有公务，出门时他都说："我去睡个午觉就回来。"

那时我对丈夫说：

"阿光对我什么都没说，只对你说这个不行，那个不行的，是不是？说明她更爱你呀。"

可是丈夫却说：

"对所爱之人是不该这么虐待的吧，她的计谋是要搞得我疲惫不堪，什么欲望都没有，也起不了情欲，让我处于麻痹状态。然后你俩就可以为所欲为了，是不是？"

更可笑的是，由于安眠药的作用，晚饭时我们两人胃口都不好，明明一点食欲都没有，我俩却尽量抢着多吃。因为空腹的话，药物会更快地循环到身体里，我俩互相攀比着谁的饭量大，争相往肚子里填充食物，光子说："这么吃，药物就不起作用了，你俩谁都不许超过两碗。"然后光子就守在饭桌旁，毫不放松地监视着我们。现在想来，在当时那种生理状态下，还能安然无事真是不可思议。在胃功能衰弱的情况下，每天还被迫吞下大量的药物，也许是短期内无法充分吸收的缘故吧，常常到了中午也是意识模糊，搞不清自己是活着还是死了，脸色越来越苍白，身体也消瘦了。更加困窘的是，感觉也变得迟钝了。

然而光子呢，她这样折腾我俩，甚至限制饭量，她自己却享受着美食，气色润泽。总之，只有光子一人灿烂得像个太阳，无论我们头脑多么迟钝，只要一见到光子就像复活了一般，这是唯一维系着生命的快乐。光子也说：

"不管你们的神经麻痹到什么程度，一见到我就清醒了，是吧？不然，就不会有这么大的热情了。"她会根据我们兴奋的程度，判断出谁的热情更高，因此她说，吃药的事更不能让我们停下来。也就是说，别人献给她的普通的爱情已经满足不了她了，她所要的是通过药力完全平定了情欲后还能燃烧起来的爱情，只有这种爱情，才能让她感到满足。——结果，她让我们夫妻俩就像一副空壳儿，对这个世界既不怀抱任何希望，也没有任何兴趣，只依靠光子这唯一的阳光活着，除此之外，她不让我们追求其他幸福。如果我们不愿意吃药，她就哭闹、发怒。唉，光子就是要试探别人对她到底有多崇拜，从中享受愉悦。之前光子就有这种心理，但发展到如此歇斯底里的程度，一定有其他原因，我认为大概是受到绵贯的影响吧。

说来，光子在最初的经验里，没有从健全者的身上得到满足，所以不管遇到什么人，她都想把对方搞得像绵贯一样，对不对？否则，她何必要那么残忍地麻痹别人的感觉呢？在过去的古老传说中，有讲阴魂或者灵魂附体的故事，光子的情形，就像绵贯的仇恨在作祟一样，一天甚似一天，简直令人毛骨悚然。不光是她自己这样，就连我丈夫，一个完全健康、正常的人，不觉间也像灵魂附体了似的，有时像女人似的说些挖苦人的话，有时又胡乱猜疑；一张苍白的脸，龇着牙傻笑，讨好着光子。如果定睛看一眼，他那时说话的方式，还有阴险狡诈、低声下气的态度，乃至嗓音语调和眼神表情，简直就是另一个绵贯，一模一样！我深切地感受到，的确是相由心生啊！但是，像怨灵作祟这种事，老师，您怎么想呢？您会不会认为是些不值一提的迷信呢？

毕竟绵贯是那种复仇心极强的男人，也许会在背后诅咒我们，搞些什么可怕的符咒，将生灵附着在丈夫身上。我对丈夫说：

"你慢慢变得越来越像绵贯了呀！"

"我自己也这么觉得，阿光是打算把我弄成第二个绵贯啊。"

丈夫在那时，已经完全把自己交给了命运。自己被弄成了第二个绵贯，他不仅不抗拒，反而感到幸福似的，被光子喂药这件事也是，最后变得好像是主动要求吃药了。

说到光子呢，她可能觉得反正三个人已经成了这样，肯定不会平安无事地收场，所以也有点自暴自弃。慢慢用药物让丈夫和我变得衰弱，最后害死我们……在她的内心里是否抱着这样的企图呢？……并不是我自己这样想，丈夫也说过"我也做好了一命呜呼的精神准备"。说真的，保不准她现在就是等着我们夫妻俩像幽灵一样衰竭而死，到时她就可以巧妙地全身而退，转而成为一个正经的乖乖女，找一个称心如意的好夫家。

丈夫说："我俩都是这么一张苍白的面容，只有光子一人看起来健健康康，活蹦乱跳的，总觉得她肯定有那种企图。"所以，丈夫和我都做好了精神准备，一旦我俩除了衰弱之外，再也感觉不到欢乐和喜悦时，就是这一生的末日了。我们抱着今天或明天就会死的想法打发着余生。

唉……我想，如果能像我当时的预想那样，我俩一起被害死的话，该有多幸福啊！结果却完全出乎意料，起因来自那家报纸刊登的报道。大概是九月二十日前后的事吧，有天早上丈夫说：

"你快起来看看！"

我心想，会是什么事呢？

丈夫又说："不知哪个混蛋送来了这种东西。"然后他打开了一份报纸的第三版，这份报纸我从来没见过。我探头一看，上面刊登着那份绵贯诱使我签名的协议书，是一张很大的照片。内容夸大其辞，标题上还用红色油墨印出两个重叠的圆圈，非常引人注目。报道还预告说，记者的手头收集了很多材料，接下来几天都会有后续报道。说应该揭露这种丑陋的有闲阶级的罪状。我对丈夫说：

"你瞧，我们还是被绵贯骗了。"

但那时，我们已经完全不着慌了，既不感到懊恼，也没感到悔恨，而是觉得"该来的终于来了"。丈夫说：

"唉，这个混蛋，事到如今，他让报纸这么写，想要怎样？"

丈夫那失去血色的脸颊上，只是浮现出一丝冷冷的微笑：

"没关系，无所谓，随它去好了。"

要说那份报纸，就是一家没有信用的小报，我相信世人绝不会当真的。眼下先放下一切，赶紧打电话告诉光子要紧。我跟她说：

"有这么样一份报纸，已经有人送到我们家来了，阿光那里有没有啊？"

光子很慌乱，她找了找，说：

"有啊，有啊，幸好还没人看到。"她把报纸揣进怀里，非常担心，一头闯进我家来了，进门就问："怎么办好呢？"

起初我们觉得，绵贯兜售的那些材料，大概不会有对他自己不利的内容吧。而且我和光子的事，一直都有传闻，也许掀不起什么大风浪。唉，算了吧，用不着这么慌张吧。

两三天后，当光子家里也知道消息的时候，就让丈夫用花言巧语谎骗他们说：

"这是绵贯的老花招，连签名都是伪造的，还刊出照片来，手段太毒辣了，我们可以起诉他的。"

一时我们放下心来，可是之后一连好几天，报纸都在没完没了地报道，渐渐逼近真相。对绵贯不利的事也一股脑儿发了出来，还有笠屋街旅馆的事、我和光子去奈良游玩的事，以及光子肚子里塞满了东西与丈夫见面的事等等……甚至连绵贯不可能知道的一些事都登出来了。如果再继续报道下去，那么从滨寺别墅的事情，到自杀骗局，再到丈夫卷入漩涡之中，一切势必暴露无遗。而且更加奇怪的是，光子和我之间你来我往的信件，我俩彼此都小心珍藏着，没有给任何人看过，可是，其中由我写给光子的一封信——言辞激烈、满篇都是誓死不渝的表白，就是这样的一封信，不知什么时候被人偷走了，拍成了照片非常醒目地登了出来。要偷的话，除了小梅不会有其他人了。所以，她是和绵贯站到了一起，我们这才如梦方醒。难怪她被光子家里解雇之后，仍然到我家来玩儿过两三次，明明没有要办的事，有时却在屋里转来转去，总觉得她的举止有点奇怪。当初我们能为她做的事都做了，是不是还想要钱，能再图点什么呢？可是我觉得没有必要做到那个份儿上，也就没再多管。就在报上登出一切的两三天前，小梅来到我跟前，说了些奇怪的话，对光子嘲笑了一番就走了。之后突然就再也看不见踪影了。光子说：

"真是个忘恩负义的家伙，在我们家的时候，从来都没把她当用人对待，让她和我完全像亲姊妹一样啊，可是……"

"太由着她任性了吧。"我说。

"这就是所谓的'恩将仇报'吧。阿姐待她也不薄，她还有什么不满意的呢？"

"看来还是被绵贯收买了吧。"——我们猜测，也许起初报社以绵贯提供的材料为基础进行了调查，之后，发现了隐情，恰好找到了小梅这个人物而抓住了机会；或者绵贯一开始就和小梅取得了联系，他破罐子破摔，连同自己的秘密也一起兜售给了报社。无论是哪一种，现在这种局面已经刻不容缓了，再拖拖拉拉下去，光子一步也迈不出家门了。所以说，要尽快按照原先约好的那样下定决心了。尽管如此，我们每天还在商量怎么办啊如何是好啊，就在一筹莫展的纠结中，终于发生了滨寺事件。

在那之后发生的事，几乎所有的报纸都有详细的报道，老师您是很清楚的吧，已经过去的事，我就不再啰里啰嗦向您讲述了……也许因为说了太多的话，我感到很亢奋，可能也说了些颠三倒四的话……不过，报上有少许遗漏，就是当时最先是由光子说出"一起死吧"这句话的，最后安排程序的也是光子。

那天我们搞清楚了，信件确实是被小梅偷走的。光子就把所有能够成为证据的信件全都拿到我这里来了，她说：

"这种东西放在家里太危险了。"

"全都烧了吧。"我说。

"不，别烧，不知道哪天我们会突然死去，把这些记录留下来代替遗书好了。就请阿姐把这些书信和您的一起好好地保管起来吧。"

她还吩咐我们把日常用品收拾整理好。两三天后，到了十月二十八日下午一点左右，光子跑来说："家里的情况越来越不大对头了，今天要是回去的话，恐怕就出不来了。如果出逃被人抓回来可就糟了，干脆就死在常待的这个屋子里吧。"

于是，我们在枕头上方的墙壁上挂上了那张观音画像，三个人一块儿点燃线香。我先说：

"如果有这位观音菩萨的引领，就是死了也是幸福的。"

丈夫也说："我们死后，要是世人把这尊观音称为'光子观音'，都来祭拜的话，那么我们也会得到超度的吧。"

"到了那个世界，再也不用嫉妒、吵架了，你俩就像侧佛一样跟从在主佛的两边吧。"光子说完，就把自己的枕头放在我和丈夫的中间，并且吞下了药物……

您说什么？对啊，为什么那时只有我一个人活下来了，有人会发出这个疑问的吧？

第二天我醒来的时候，本来也想立刻追随他俩一起去的。可是一转念，万一我的幸存并非偶然呢？是不是直到赴死，我都被他们两人欺骗着呢？这么一想，就连她把那些书信存放到我这里的事，都感到可疑起来了，我煞费苦心地陪着一起死了，到了那个世界里，会不会反而被当成他们的麻烦呢？啊……老师，（柿内遗孀突然哗啦哗啦地泪流满面。）……只要没有那份猜疑……我是不会这么没脸没皮活到今天的，可是……就算是那样，怨恨逝者也无济于事。即使现在，想到光子的时候，与其说感到可恨、气恼，更多的还是爱恋……啊，我在您面前这么一番哭诉，请您千万多加谅解！……

谷崎潤一郎
卐

图书在版编目（CIP）数据

万劫 ／（日）谷崎润一郎著；于华译. —上海：
上海译文出版社，2023. 11
（谷崎润一郎作品系列）
ISBN 978 - 7 - 5327 - 9389 - 1

Ⅰ. ①万… Ⅱ. ①谷… ②于… Ⅲ. ①长篇小说－日
本－现代 Ⅳ. ①I313. 45

中国国家版本馆 CIP 数据核字（2023）第 185991 号

万劫	［日］谷崎润一郎 著	出版统筹　赵武平
		责任编辑　许明珠
卐	于华　译	装帧设计　尚燕平

上海译文出版社有限公司出版、发行
网址：www. yiwen. com. cn
201101　上海市闵行区号景路 159 弄 B 座
上海信老印刷厂印刷

开本 890×1240　1/32　印张 6.75　插页 2　字数 98,000
2023 年 11 月第 1 版　2023 年 11 月第 1 次印刷

ISBN 978 - 7 - 5327 - 9389 - 1/I • 5863
定价：42.00 元

本书中文简体字专有出版权归本社独家所有，非经本社同意不得转载、摘编或复制
如有质量问题，请与承印厂质量科联系。T：021 - 39907735